1

Albert & Hector

Un œil rivé à l'écran, l'autre sur le ciel rougeoyant, son chat Hector sur les genoux, Albert tempêtait :

— Regarde-les, ces petits crétins ! Ah ! c'est intelligent de brûler les voitures de ses voisins ! Voilà qui va arranger les choses, tiens !

Il se leva brusquement.

— Mais ce n'est pas possible ! Tu n'as pas fini de me péter dans la tronche ? Me manquait plus que ça : un chat pétomane !

Hector, mécontent, poussa un miaulement strident.

« Si tu n'étais pas aussi radin, pensa l'animal, tu m'emmènerais chez le vétérinaire ! »

Albert se dirigea vers la fenêtre, l'ouvrit et se mit à battre l'air de sa large main pour évacuer l'odeur. Accoudé au balcon, il observa le ciel embrasé au-dessus de la cité que le quartier pavillonnaire surplombait. Quand Albert avait construit sa maison de ses propres mains et s'y était installé avec sa femme Alicia quelque quarante ans plus tôt, il n'y avait encore là que des champs à perte de vue. Ah, qu'ils y avaient été heureux, Alicia et lui ! Heureux, oui, jusqu'au drame qui les avait frappés et dont ils ne s'étaient jamais remis…

Et puis les tours n'avaient pas tardé à pousser comme des champignons, ou plutôt de monstrueuses verrues qui non seulement déparaient le paysage champêtre, mais troublaient également la quiétude des propriétaires des maisons cossues, qui n'avaient pas vu cette invasion d'un très bon œil.

Si Albert s'était toujours gardé de s'aventurer dans les parages de la cité, Alicia s'y rendait régulièrement.

— Albert, ne fais pas ta mauvaise tête ! l'admonestait-elle. Au lieu de tourner en rond toute la journée, tu ferais bien de m'accompagner.

— T'accompagner, t'accompagner… grommelait-il, et pour faire quoi ? Tu ne sais pas où tu mets les pieds, Alicia ! Ces gens-là sont capables de tout !

— Balivernes ! Tu vois bien que j'en reviens entière à chaque fois, alors que je suis bien moins costaude que toi !

« Peut-être moins costaude, mais autrement plus généreuse ! » pensait Hector.

Et il avait raison ! Généreuse, Alicia l'était. Depuis qu'elle était à la retraite, elle donnait bénévolement des cours d'alphabétisation aux femmes de la cité. Elle s'occupait de leurs démarches administratives, de leur courrier et de bien d'autres choses encore. Tout le monde la connaissait, là-bas.

— On nous en a donné, à nous, des cours d'alphabétisation, peut-être ? vociférait son mari. Rien ! Pas une aide, pas un centime ! Parqués dans des bidonvilles, le dos courbé sur des machines, dans un bruit infernal, on trimait du matin au soir et du soir au matin sans lever la tête ! Ça ne nous a pas empêchés de nous en sortir !

— Les temps changent, Albert ! répliquait invariablement Alicia. Ce n'est pas parce que nous n'avons pas été aidés qu'il ne faut pas aider les autres !

Et dans son panier, Hector fulminait : « Il a la mémoire bien courte, Albert ! Il n'a quand même pas oublié où et comment Alicia a fait sa connaissance ? Ne venait-elle pas déjà en aide aux immigrés portugais, alors qu'elle était encore toute jeune ? »

Albert restait résolument accroché à son refus et c'était donc seule qu'Alicia avait continué à se rendre à la cité, de plus en plus souvent et de plus en plus longuement, jusqu'à ce que la maladie la cloue au lit puis l'emporte.

Pour Albert, Alicia était toute sa vie. Veuf inconsolable, il était resté seul, avec Hector. Seul et encore plus aigri qu'il ne l'était déjà.

Les jours suivant l'enterrement, Albert était resté prostré, chez lui, sans sortir, sans même ouvrir les fenêtres.

Et puis Zaïna était venue sonner à sa porte.

Albert avait juste entrebâillé la fenêtre de sa chambre située au premier étage.

— Que voulez-vous ? Je n'ai besoin de rien ! avait-il grogné à l'intention de la jeune femme.

— Si, vous avez besoin de moi ! lui avait-elle répondu sans se démonter.

C'est qu'Albert, sans l'avoir jamais vu, elle avait l'impression de le connaître, tant Alicia lui en parlait, avec toujours dans la voix cette immense tendresse qu'elle lui vouait.

— Comment ça ? s'était étonné Albert. Qui êtes-vous ?

— Je suis Zaïna, votre femme de ménage. C'est Alicia qui m'envoie !

Albert en était resté quelques secondes sans voix. Puis, se reprenant, il avait hurlé :

— Foutaises ! Ma femme est morte !

— Je sais puisque j'étais à son enterrement. Ouvrez-moi la porte que je vous explique !

Il ne l'avait pas invitée à rentrer pour autant et la discussion s'était tenue sur le pas de la porte.

— Je connaissais bien Alicia. C'était une amie. Elle m'aidait au comité de soutien des femmes de la cité. Quand elle est tombée malade, elle savait qu'elle ne s'en sortirait pas. Elle pensait tout le temps à vous. Elle se faisait beaucoup de souci. Alors, elle m'a demandé si je connaissais quelqu'un qui pourrait au moins tenir votre ménage, faire vos courses, etc. Et je me suis proposée.

— Mais c'est quoi cette histoire ? Je ne veux pas de vous, moi ! Je ne vous connais pas ! Et je n'ai pas besoin de femme de ménage.

Zaïna avait alors jeté un œil par-dessus l'épaule d'Albert.

— Alors ça, j'en doute ! Non mais regardez ce foutoir !

Penaud, Albert avait baissé la tête. Il est vrai que les tâches ménagères, ce n'était pas sa tasse de thé !

— Et puis, que ça vous plaise ou non, il faudra bien pourtant ! avait enchaîné Zaïna. Alicia m'a engagée. Elle m'a même payé les trois premiers mois. Après, vous serez libre de me renvoyer ou de me garder. Je commencerai demain à huit heures et demie, le temps de déposer ma petite à l'école. Je viendrai chez vous tous les matins, sauf le mercredi. Je ferai la vaisselle, le ménage, la lessive, le repassage... et aussi les courses une fois par semaine. Vous me ferez une liste et vous me donnerez l'argent. Au revoir, monsieur, et à demain !

Elle n'avait pas laissé à Albert le temps de dire ouf ! Et elle était partie, la tête haute, la démarche ondulante, vers l'arrêt du bus.

Cela faisait déjà un an que Zaïna travaillait pour lui et jamais il n'avait eu la moindre réflexion à lui faire concernant son travail, son exactitude, sa discrétion. Il ne lui adressait pratiquement pas la parole et elle ne le faisait qu'en cas de nécessité. Ils s'entendaient donc à merveille. Albert s'était très vite habitué à sa présence et, le mercredi et le week-end, la maison lui semblait un peu vide. Mais il ne s'intéressait pas pour autant à sa vie et ignorait tout de cette femme qu'il côtoyait presque quotidiennement. Tout ce qui comptait pour lui, c'était qu'elle soit à l'heure et fasse correctement le travail pour lequel il estimait la payer royalement.

2

Elle est où, maman ?

Alors qu'Albert regardait le dernier journal, une sirène de voiture de pompiers avait retenti, couvrant le son de la télé.

— Mais qu'est-ce qui se passe encore ? grogna-t-il. Ils n'en ont pas marre de faire ce chahut la nuit et d'empêcher tout le monde de dormir ? Ah, elle est belle la France d'aujourd'hui, mon pauvre Hector !

Dans son panier, le pauvre Hector avait daigné ouvrir un œil indolent avant de le refermer aussitôt. Des imprécations de son maître, il n'en avait cure.

Alicia et Albert l'avaient recueilli alors qu'il avait été abandonné près d'une poubelle. Chez eux, il avait trouvé le gîte, le couvert et la tendresse en plus. Enfin, celle d'Alicia surtout, même si Albert, au fin fond de sa carcasse aux contours abrupts, cachait un cœur bien plus grand qu'il n'y paraissait…

Mais ça, seul Hector le savait.

Depuis la disparition de sa femme, Albert râlait davantage qu'auparavant. Hector supportait tout cela stoïquement. Tant qu'il n'en avait pas après lui…

— Ils vont m'entendre demain au conseil municipal ! C'est qu'ils commencent à m'échauffer sérieusement les oreilles avec leurs rallonges budgétaires. Et vas-y que je te fasse sauter les tours, que je te réhabilite à tour de bras, que je te construise des maisons individuelles et des jardins… Et tout ça pour quoi, tu peux me le dire ? Pour qu'ils y foutent le feu ? Non mais, on aura tout vu, tout entendu ! Je préfère aller me coucher. En espérant que j'arriverai à dormir avec tout ce raffut. Il faut que je sois en forme demain. J'attaquerai de front. Des maisons individuelles ? Des prisons, oui, voilà ce qu'il faut leur construire ! Tous au trou, je te dis !

Effectivement, la nuit avait été mouvementée et Albert n'avait pas réussi à trouver le sommeil.

Il était d'une humeur massacrante en prenant son petit déjeuner. D'autant plus massacrante qu'il était déjà neuf heures moins le quart et que Zaïna n'était toujours pas arrivée.

Quelques instants plus tard, elle le rejoignait à la cuisine.

— Vous avez une demi-heure de retard ! grogna-t-il.

— Non, monsieur. À peine vingt minutes…

— C'est inadmissible !

— C'est la première fois, monsieur, en un an. Vous n'avez pas l'air d'être au courant de ce qui se passe chez nous.

— Ce serait difficile de l'ignorer, pourtant ! Faudrait être sourd et aveugle. Je n'ai pas fermé l'œil de la nuit, figurez-vous !

— Moi non plus.

— À qui la faute ? Pas à moi, en tout cas.

— Ni à moi.

— Vraiment ? Vous habitez là-bas, pourtant !

— Et alors ? Ce n'est pas moi qui mets le feu aux voitures, tout de même !

— Peut-être pas vous directement, mais ce sont les vôtres, non ?

— Comment ça, les miens ?

— Est-ce que je sais, moi ? Vos enfants…

— C'est ça, mes enfants ! Je n'ai qu'une fille d'à peine neuf ans.

— Oh ! mais c'est qu'ils s'y mettent de plus en plus jeunes.

Exaspérée, Zaïna haussa les épaules.

Cette conversation ne servait à rien. Elle nota cependant qu'en un an, c'était la première fois qu'ils échangeaient plus que leurs rituels « bonjour bonsoir » et cela la fit sourire.

Elle s'attaqua à la vaisselle de la veille au soir tandis qu'Albert finissait son café et ses toasts tout en concoctant le discours qu'il allait tenir aux membres du conseil municipal.

Il quittait la cuisine lorsqu'un bruit sourd le fit revenir sur ses pas.

Zaïna gisait de tout son long sur le carrelage.

— Allons bon ! Il ne me manquait plus que ça ! Zaïna, qu'est-ce qui vous prend ? Relevez-vous, voyons ! Pas la peine de vous mettre dans un tel état pour une petite réflexion de rien du tout. Allez, ça suffit ! Debout !

Mais Albert avait beau lui assener des claques, asperger son visage d'eau fraîche, rien n'y faisait ! Zaïna demeurait inerte.

Il prit donc le téléphone et composa le numéro du Samu.

— Nous l'emmenons, lui dit le médecin après avoir ausculté la jeune femme. Il faudrait prévenir sa famille.

— Prévenir sa famille ! Quelle famille ? s'écria Albert. Je ne connais même pas son adresse ! Ni même son nom de famille, tiens !

— Ne travaille-t-elle pas chez vous ?

— Si...

— C'est donc bien un accident de travail...

— Non, pas du tout ! Elle a juste fait un malaise, ça aurait pu lui arriver n'importe où !

— Oui, mais c'est arrivé chez vous. Il va falloir faire une déclaration... Vous verrez avec l'administration. Nous, on l'emmène à l'hôpital.

Quand l'ambulance repartit, la matinée était bien avancée et Albert avait raté sa séance au conseil municipal.

« Déjà qu'il n'était pas de bonne humeur, je vais devoir le supporter à la maison toute la journée ! » s'inquiéta Hector.

— Non, mais tu te rends compte, ils vont me coller ça comme un accident du travail ! Et il voulait que je prévienne sa famille ! Comme si j'étais sa nounou ! Et d'où je la connais, moi, sa famille ?

Il jeta un œil vers la table de la cuisine pas débarrassée et l'évier encore plein.

— Bon sang ! Il va falloir que je me tape la vaisselle !

Albert détestait ça, mais il retroussa ses manches. Pour se donner du cœur à l'ouvrage, il glissa dans son lecteur un CD d'Amália Rodrigues, la diva du fado. Et il se mit à la tâche en chantant à tue-tête.

« Merci Amália, il n'y a que toi pour l'apaiser ! » se dit Hector en regagnant son panier dans l'entrée où retentit le carillon de la porte.

« Ah ! se réjouit-il, voilà Zaïna qui revient ! »

Ce ne fut pas à Zaïna qu'Albert ouvrit la porte mais à une petite fille, la tête hérissée de papillotes et le regard noir.

— Elle est où, maman ? hurla-t-elle sans préambule.

— Maman ? Quelle maman ?

— Quoi, quelle maman ? La mienne, tiens !

— Mais qu'est-ce que j'en sais, moi ? D'où je la connais, ta mère ?

— Si, tu la connais ! Elle vient chez toi presque tous les jours, banane !

— Non mais sois polie ! On n'a pas élevé les cochons ensemble, toi et moi, que je sache. Allez ouste, maintenant ! Déguerpis ! Je n'ai pas de temps à perdre.

Alors qu'Albert tentait de refermer sa porte, la fillette la bloqua du pied.

— Où est ma mère ?

— Tu es la fille de Zaïna, n'est-ce pas ? Alors, file à l'hôpital, elle est là-bas, ta mère.

Les larmes avaient instantanément jailli et dévalaient les joues rondes de la petite.

— À l'hôpital ? Qu'est-ce que tu lui as fait ?

— Moi ? Rien ! Elle a eu un malaise ! Il a fallu que j'appelle le Samu et ils l'ont emmenée, voilà !

— Elle va mourir ?

— Est-ce que je sais, moi ! Je ne suis pas médecin.

Tout en parlant, Albert dévisageait son interlocutrice. Il se souvint que Zaïna lui avait dit le matin même que sa fille avait neuf ans. Elle était donc bien assez grande pour se débrouiller toute seule.

— Il est où l'hôpital ?

— Tu ne sais pas où se trouve l'hôpital ?

— Non.

Elle se mit à pleurer de plus belle. Les yeux, le nez, tout coulait à la fois.

— Il n'est pas très loin du centre-ville. Le bus s'arrête juste à côté.

— Je dois faire pipi ! fit-elle en se tortillant. Sont où tes toilettes ?

— Mes toilettes ?

— Ben oui, tu veux que je fasse sur ton paillasson ?

Albert s'effaça et indiqua d'un mouvement de tête la porte des toilettes.

— OK, on y va ? lui demanda-t-elle en ressortant.

— Comment ça, on y va ? Où ?

— Ben à l'hôpital !

— À l'hôpital ? Tu y vas quand tu veux ! Moi, je n'ai rien à y faire !

— Ça va pas la tête ! Tu vas pas me laisser y aller seule ! Je sais pas où c'est ! Et puis, de toute façon, j'ai pas le droit de prendre le bus toute seule. Maman veut pas.

Cette histoire commençait à agacer prodigieusement Albert.

— T'as qu'à aller chercher ton père, ta grand-mère, ta smala !

Malgré ses larmes, la petite éclata de rire.

— Non, mais tu rêves ? Où tu veux que j'aille le chercher mon père ? Je le connais même pas !

Il s'est tiré parce que ma mère elle a perdu son térus en me mettant au monde…

— Son térus ! Son *utérus*, bécasse ! Bon, ça suffit, maintenant. Allez, du balai ! Tu ferais mieux de filer à l'hôpital. Tu prends le bus 126, tu demandes au chauffeur, il te dira où descendre.

— T'as une voiture ? lui demanda-t-elle en séchant son visage d'un revers de manche.

— Non ! Et quand bien même j'en aurais une, qu'est-ce que ça peut te faire ?

— T'as pas de voiture, toi ?

— Ben, non ! Pour quoi faire, une voiture ? Pour que tu la brûles avec tes copains ?

— Ma mère a raison, hein ! T'es vraiment un pauvre type, toi !

« Ouuuuh, se dit Hector, ça, ça ne va pas lui plaire du tout du tout, à Albert ! »

— Et toi une sauvage ! Est-ce qu'on parle comme ça à ton âge ? C'est comme ça qu'elle t'élève ta mère ? Tu n'as pas honte ?

— Et toi, t'as pas honte de me laisser me débrouiller seule ? Ah, elle serait pas fière de toi, Alicia, si elle te voyait !

— Alicia ? Tu connaissais Alicia ?

— Qu'est-ce qu'elle était gentille, elle !

— Oui, trop gentille, effectivement. C'est bon, tu as gagné. Je t'emmène à l'hôpital. Seulement, je te dépose devant et plus jamais je ne veux entendre parler de toi, compris ?

Tandis qu'Albert disparaissait à l'intérieur de la maison pour prendre son manteau, Hector vint se frotter aux jambes de la petite fille qui se pencha pour le caresser. Mais elle se redressa brusquement.

— Beurk ! Il pue ce chat !

3

MEMOUNA

Alors qu'ils se dirigeaient vers l'arrêt de bus, la fillette glissa sa main dans celle d'Albert. Celui-ci tenta de se dégager mais elle le tenait fermement.

— J'aime pas marcher toute seule dans la rue ! lui fit-elle en guise d'explication. Maman me donne toujours la main.

— Je ne suis pas ta mère, moi !

Elle éclata de rire.

— Heureusement ! Et puis ça risque pas ! Même mon père tu pourrais pas !

— Comment ça ?

— Ben, tu t'es regardé ? T'es un toubab, toi !

— Un toubab ?

— Ben oui, un toubab !

Le bus arrivait, Albert n'insista pas.

Ils descendirent à l'arrêt de l'hôpital.

— Voilà, tu vois cette grande bâtisse, là ? C'est là. Allez, vas-y, maintenant !

— Non ! Pas toute seule, j'ai peur ! Viens avec moi !

— Tu m'as demandé de te conduire jusqu'à l'hôpital ! Pas dans l'hôpital !

— Allez, viens avec moi, s'il te plaît ! On trouve maman et puis tu pars, d'accord ?

Albert poussa un profond soupir d'exaspération, mais la gamine était sur le point de se remettre à pleurer. Il ne pouvait décemment pas l'abandonner là, toute seule, sur le trottoir.

— Bonjour, madame ! lança-t-il à l'hôtesse d'accueil. Nous voudrions avoir des nouvelles de madame Zaïna… Zaïna, comment ? demanda-t-il à Memouna qui donna son nom de famille d'une voix tremblante.

— Elle est là depuis quand ?

— Depuis ce matin… Le Samu…

— Ah, je l'ai trouvée ! Chambre 335, troisième étage…

— Voilà, tu peux y aller maintenant ! fit Albert.

— Non, tu viens avec moi. On a dit jusqu'à ce que j'aie retrouvé maman !

Albert ne chercha pas à discuter. Avec cette gosse, il savait qu'il n'aurait pas le dernier mot.

Ils prirent l'ascenseur et se rendirent à la chambre 335. Albert jeta un regard à la petite fille et comprit qu'il fallait qu'il frappe lui-même à la porte. L'enfant semblait tétanisée.

Zaïna leur adressa un faible sourire tout en ouvrant ses bras à sa fille qui s'y rua.

— Memouna, ma chérie, j'étais si inquiète ! Où étais-tu ? Le temps que je reprenne conscience, qu'on m'installe dans ma chambre, l'heure de sortie de l'école était déjà passée. J'ai cru devenir folle. Et tu ne répondais pas au téléphone !

— Ben, j'étais pas à la maison. Quand j'ai vu que tu n'étais pas à la sortie de l'école, je suis allée chez Albert.

Celui-ci était resté sur le pas de la porte.

— Monsieur Albert ! Merci beaucoup ! C'est très gentil à vous d'avoir emmené la petite... Mais entrez, entrez, asseyez-vous... Il faut que nous parlions. Memouna, prends de la monnaie dans mon sac et va me chercher un thé au distributeur, s'il te plaît... Il doit y en avoir un à l'étage.

La fillette à peine sortie, l'expression du visage de sa maman perdit toute douceur.

— Écoutez-moi, monsieur Albert ! Il faut que je vous dise quelque chose qui, vous connaissant, ne va pas du tout vous plaire. Comme je ne suis pas déclarée, je ne pouvais pas dire que je travaillais chez vous. Nous aurions eu de graves ennuis, vous et moi, vous comprenez ? J'ai été obligée d'inventer une histoire et j'ai prétendu que vous étiez le parrain de ma fille et que j'étais en visite chez vous quand j'ai eu mon malaise. L'assistante sociale m'a immédiatement répondu que vous pourriez vous occuper de la petite pendant mon hospitalisation, ce qui l'arrange bien puisque ça lui évite de chercher un placement en foyer !

Albert en resta coi, bouche ouverte un long moment, avant de reprendre ses esprits.

— Vous ne manquez pas de culot, vous ! s'exclama-t-il.

— Que vouliez-vous que je fasse, moi ? J'étais coincée. Cette histoire ne me fait pas du tout plaisir, si vous voulez le savoir. Ce n'est pas de bon cœur que je vous demande de prendre ma fille en charge. Ah ! si seulement Alicia était encore là…

— Enfin, madame Zaïna ! Comment voulez-vous que je m'occupe d'une enfant ? Je n'ai aucune expérience en la matière… Ni la moindre envie, non plus. Trouvez-vous quelqu'un d'autre !

Albert se leva, mais un sanglot déchirant le fit se rasseoir.

— Monsieur Albert, je vous en prie ! Ne m'abandonnez pas ! J'ai tellement peur pour la petite. Si son père apprend que je suis hospitalisée, il va tout faire pour me la prendre… Il veut la renvoyer au pays… Et moi, je n'ai qu'elle, vous comprenez ? Je n'ai que ma petite fille…

Zaïna pleurait. Albert, embarrassé, ne savait que faire.

— Memouna n'est pas une enfant difficile, poursuivit Zaïna en séchant ses larmes. Elle a neuf ans, neuf ans et demi, même ! Ce n'est plus un bébé. Je la chouchoute un peu trop parce qu'elle est la prunelle de mes yeux. Mais vous n'aurez pas vraiment à vous occuper d'elle. Tout ce que je vous demande, c'est de l'emmener à l'école le matin, d'aller la rechercher le soir et de la faire dormir chez vous. C'est l'affaire d'un jour ou deux, pas plus.

— Pourquoi ne pas confier votre fille à une de vos amies de la cité ? C'est ça, faire fonctionner la solidarité, non ? Elle serait bien plus à l'aise avec vos compatriotes que chez moi !

— Monsieur Albert, ne faites pas votre mauvaise tête ! Je vous répète que, vu ce que j'ai dit à l'assistante sociale, je suis coincée ! En plus, je ne veux pas qu'elle reste dans la cité en mon absence. Sans moi, elle y ferait les quatre cents coups.

— Je croyais qu'elle n'était pas une enfant difficile ?

— Non, mais c'est parce que je la surveille, justement. Et puis, c'est surtout à cause de son père. Chez vous, il ne risque pas de venir la chercher. Alors ?

— Alors quoi ?

— Vous acceptez ?

Albert fulminait.

— Vous ne me laissez pas le choix...

— C'est vrai ! Mais je ne n'en ai pas d'autre, moi non plus. Je vous en prie, monsieur Albert ! Je ne vous ai jamais rien demandé. Mais là, j'ai vraiment besoin de votre aide. Alicia ne me l'aurait pas refusée.

— Alicia c'était Alicia, et moi c'est moi ! rechigna-t-il encore.

Et pourquoi devrait-il accepter ? Qu'est-ce qu'il en avait à faire, lui, de Zaïna et de sa fille ?

Albert sentit soudain comme une présence au-dessus de lui. Ça lui faisait ça, parfois, quand il se trouvait face à un dilemme. C'était comme si Alicia lui soufflait à l'oreille ce qu'elle attendait de lui. Et là, il n'y avait pas de doute...

— Alors ? insista Zaïna.

— Il n'y a pas marqué nounou là ! bougonna Albert qui se sentait coincé. Et puis, qui vous dit que Memouna acceptera de rester chez moi ? D'après le peu que j'ai pu voir, cette petite a un caractère bien trempé ! Moi, je suis sûr qu'elle refusera !

Albert jubilait. Ce n'était pas lui qui refuserait mais la gamine !

— Refusera quoi ? s'enquit Memouna qui revenait.

Zaïna se tourna vers sa fille.

— Viens ici, ma princesse. Faut que je te parle.

Memouna s'approcha de sa mère.

— Écoute, je dois rester à l'hôpital...

— Combien de temps ?

— Je ne sais pas... pas très longtemps... Le médecin me le dira demain. En attendant, tu iras chez le toubab, tu m'entends ?

— Non, j'irai pas !

— Si, Memouna. C'est comme ça et pas autrement !

— Mais pourquoi chez le toubab et pas chez Leïla ou Samira ou Youma ?

— Vous voyez ? exulta Albert.

— Parce que je serai plus tranquille si tu habites en dehors de la cité pendant mon absence, continua Zaïna.

— Mais je ne l'aime pas, lui ! Il n'est pas gentil, protesta la fillette.

Le visage d'Albert vira au cramoisi et il dut faire de gros efforts pour ne pas tourner les talons et les laisser plantées là toutes les deux. Non seulement sa femme de ménage le forçait à offrir l'hospitalité à sa fille, mais en plus, Mademoiselle faisait la fine bouche !

— Memouna, c'est monsieur Albert ou le foyer !

— Non, maman, s'il te plaît, pas le foyer...

— Alors ce sera monsieur Albert ! Allez, ma princesse, juste quelques jours... et seulement pour dormir, puisque toute la journée tu es à l'école.

— Mais non, demain c'est samedi ! T'as oublié ?

— Eh bien tant mieux ! Comme ça monsieur Albert n'aura pas à t'accompagner à l'école, et j'espère que d'ici lundi, je serai sortie.

— Maman, regarde ! Il est grand ton lit ! Je peux dormir ici avec toi. Je serai sage, je te promets !

— Ce n'est pas possible, ma fille !

— Maman, s'il te plaît !

Memouna avait éclaté en sanglots. Sa mère jeta à Albert un regard si désespéré qu'il n'eut d'autre choix qu'intervenir.

— Allons, petite ! Arrête tes simagrées ! Tu vois bien que ta mère est malade ! Ce n'est pas en te comportant de la sorte que tu vas l'aider à guérir ! Sois contente que j'accepte de t'offrir l'hospitalité un jour ou deux !

— Oh, merci, monsieur Albert !

— Inutile de me remercier, Zaïna, je ne le fais pas de bon cœur, vous savez ! Ce n'est pas par bonté d'âme que j'accepte, mais juste par humanisme, voilà !

— Oui, je le sais, et c'est pourquoi je vous remercie.

— Mais y a son chat qui pue ! objecta encore une petite voix.

Zaïna regarda Albert puis sourit.

— C'est vrai qu'il ne sent pas bon votre Hector ! Vous devriez l'emmener chez le vétérinaire !

— Et pourquoi pas chez le coiffeur, tant que vous y êtes ?

— Bon, Memouna chérie, je me fatigue, là. Écoute-moi bien. Tu vas rentrer à la maison. Monsieur Albert t'accompagnera. Tu prendras quelques affaires. J'en saurai plus demain quand tu reviendras me voir. Sois très très sage, princesse. Je compte sur toi. Et si on te pose des questions au sujet de monsieur Albert, tu diras que c'est ton parrain !

4

À LA CITÉ

De retour à l'arrêt de bus aux côtés d'une Memouna boudeuse, Albert se demanda, l'espace d'un instant, s'il ne rêvait pas. Mais qu'avait-il fait pour mériter que le sort s'acharne ainsi sur lui ? Que de chamboulements depuis ce matin ! Ah ! il avait bien besoin de ça, tiens !

Tout au long du trajet, ils demeurèrent tous les deux silencieux, chacun plongé dans ses sombres pensées. Memouna se demandait combien de temps sa maman allait rester à l'hôpital, tandis qu'Albert pensait à son week-end gâché.

— C'est là qu'on descend ! lui indiqua-t-elle en se levant.

Albert suivit la fillette puis s'immobilisa devant l'esplanade de la cité.

— Allez, viens ! s'impatienta Memouna.

— Et si je t'attendais ici, à l'arrêt de bus ? proposa-t-il. Tu n'as pas besoin de moi pour prendre tes affaires !

— Ma mère t'a demandé de m'accompagner jusque chez moi ! Pas de m'attendre à l'abribus !

— J'aurais dû m'en douter ! grommela Albert.

C'est qu'il commençait à la connaître, la gamine !

Il la suivit docilement, les yeux rivés sur la pointe de ses chaussures, tandis que Memouna distribuait généreusement les « bonjour » et les « bonsoir » à tous ceux qu'ils croisaient.

— Hé ! Memouna, comment qu'elle va, ta mère ? lui demandaient certains qui étaient déjà au courant.

— Je sais pas, répondait invariablement Memouna. Elle doit voir le médecin demain.

— Et qui va s'occuper de toi ? s'inquiéta une voisine.

— Monsieur Albert.

— Le mari d'Alicia ?

— Lui-même ! grinça Albert.

— Et pourquoi que ta mère te confie à un toubab ?

— Un toubab ? Mais je ne suis pas médecin, moi ! Et puis on dit *toubib* pas toubab ! Et de quoi je me mêle, d'abord ?

La femme fronça les sourcils puis s'adressa à Memouna :

— Elle est devenue folle, ta mère, ou quoi ? Tu veux pas venir chez nous, plutôt ? Tu sais, quand y en a pour huit, y en a pour dix. Et nous, on n'est pas des étrangers !

— Des étrangers ! Faudrait peut-être pas inverser les rôles, non plus !

— Vous inquiétez pas, Fatima, monsieur Albert c'est mon parrain.

— Exactement ! Bien le bonsoir, madame, fit alors Albert en s'inclinant. Allez, viens ! dit-il à Memouna en la prenant par la main. Appelle l'ascenseur et montons chercher tes affaires.

Memouna éclata de rire.

— Quel ascenseur ? Il est mort l'ascenseur, faut monter à pied !

— À pied ? Mais à quel étage ?

— Juste au sixième, t'as de la chance !

— Au sixième ! Mais tu veux ma mort ?

— Comment tu lui as fermé le caquot à Fatima ! le félicita Memouna tandis qu'Albert soufflait comme un bœuf en gravissant les dernières marches.

— On dit le *caquet*, pas le caquot ! corrigea-t-il. Tu prends de sacrées libertés avec les mots, toi !

— N'empêche que je suis la plus forte de ma classe en français !

— Eh ben dis donc ! Qu'est-ce que ce doit être, les autres !

La porte ouverte, Albert s'écroula sur le canapé.

— Donne-moi un verre d'eau, s'il te plaît ! demanda-t-il à la fillette qui était restée figée au milieu du salon. Alors, qu'est-ce que tu attends ?

Pour toute réponse, la gamine se répandit en sanglots.

— Et voilà de nouveau les grandes eaux ! Je peux savoir pourquoi tu pleures ?

— J'aime pas être ici sans maman, toute seule.

— Alors, dépêche-toi de prendre tes affaires ! Et puis tu n'es pas toute seule, que je sache ! Je suis là, moi !

— Mais toi, t'es pas ma mère !

— Je sais et j'en suis ravi ! Allez, dépêche-toi, maintenant !

Memouna s'exécuta en sanglotant.

Quand elle reparut, elle traînait derrière elle une grande et lourde valise.

— Bon, t'es prête ? Tu n'as rien oublié ?

— Je sais pas ! J'ai pas l'habitude de faire ma valise.

— Voyons… Tu as pensé à ta brosse à dents ?

— Mince ! Ma brosse à dents ! Eh, faut que je prenne du dentifrice aussi ? cria-t-elle depuis la salle de bain.

— Non, je t'en prêterai.

— D'accord, fit Memouna en revenant.

— Et ta brosse à cheveux ? Tu l'as prise ?

Memouna éclata de rire.

— Une brosse à cheveux ? Mais pour quoi faire ? Je suis coiffée, non ?

— Oui, mais tu les défais pas, tes nattes, le soir ?

— T'es ouf ou quoi ? Tu sais combien de temps ça prend de les faire, mes petits cocos ? Et comme ça fait mal ! C'est pas pour les défaire le lendemain.

— Et pour te laver les cheveux, alors, faut bien que tu les défasses ?

— Non, je me les lave comme ça, banane !

— Cesse de m'appeler banane !

— Alors arrête de dire des bananeries !

— Bananeries ! Pfft ! ce mot n'existe même pas !

— Je sais qu'il existe pas ! Mais maman m'interdit de dire des gros mots comme c...nerie. Je dois dire *banane* et *bananerie* à la place !

Albert dévisagea la fillette plantée au milieu du salon, les poings sur les hanches, arc-boutée de colère. Alors, contre toute attente, il éclata de rire.

Memouna le regarda, médusée. Puis elle éclata de rire, elle aussi.

— Alicia avait raison, tu n'es pas un mauvais bourge, monsieur Albert.

— On dit un mauvais *bougre*, pas un mauvais bourge ! corrigea Albert en se ressaisissant. Bon, en route !

Il voulut soulever la valise, mais celle-ci résista.

— Dis donc, tu as l'intention de passer l'hiver chez moi ? On a parlé d'un jour ou deux !

— Non, mais le matin, je sais jamais choisir ce que je vais mettre, c'est ma mère qui le fait à ma place. Alors, j'ai tout pris. Allez, on bouge ! J'ai trop les boules de rester là.

— Comment veux-tu que je descende les six étages avec cette valise qui pèse une tonne ?

— Pour les escaliers, t'inquiète ! On va régler ça fissa !

Memouna ouvrit la porte, se campa dans la cage d'escalier, inséra deux doigts dans sa bouche et émit le sifflement le plus strident qu'Albert ait entendu de sa vie.

En moins de temps qu'il n'en faut pour le dire, cinq ou six portes s'ouvrirent simultanément et une nuée de gamins les rejoignit.

— Besoin d'aide, Memouna ? lança le plus grand des garçons.

— Oui, Sofiane, pour descendre la valise.

— C'est qui le Français ?

« Le Français, c'est trop fort ! pensa Albert. Pour les Français on était les Portos, et pour eux, on est les Français ! »

— C'est Albert, mon parrain.

— Albert, le mari d'Alicia ?

« Décidément, qui ne connaissait pas Alicia, ici ? » se demanda Albert.

— Oui, je vais chez lui le temps que ma mère guérisse.

— Tu vas aller là-bas, chez les riches ?

— Oui.

« Les riches, les riches, se dit encore Albert. N'importe quoi ! Mais qu'est-ce que c'est, ces *a priori* débiles ? »

Les gamins s'emparèrent de la valise et la descendirent à bout de bras.

— On vous la porte jusqu'au bus, m'sieur ?

— Ce serait bien aimable, les gars ! répondit Albert.

La valise déposée, ils s'éparpillèrent, sauf le costaud, celui prénommé Sofiane, qui s'installa à côté de Memouna.

— Il compte nous accompagner ou quoi ? s'inquiéta Albert.

— Ben, oui ! répondit Sofiane. Je préfère. Et puis Memouna, c'est ma meuf.

Pour le prouver, il passa son bras autour des épaules de la fillette qui se dégagea aussitôt.

— Eh, bas les pattes, banane ! Je t'ai déjà dit cent fois que je suis pas ta meuf !

— D'accord, pas cncore ! Mais plus tard, on se mariera, non ?

— Je sais pas ! On verra, je t'ai dit.

— Faut bien que quelqu'un vous porte la valise jusque chez vous, non ? fit alors Sofiane.

— C'est ça ! Et demain toute la smala débarquera chez moi !

— C'est bon, Sofiane, t'inquiète pas ! lui chuchota Memouna à l'oreille. Il râle mais il est pas dangereux. Pas besoin de m'accompagner, ça va aller.

Puis, elle éleva la voix :

— Et puis on va prendre un taxi, hein, Albert ?

— Un taxi ? Tu me prends pour un millionnaire ou quoi ?

— Ben oui, un taxi, pour porter la valise ! Tiens regarde, il y en a un là-bas ! Et t'inquiète pas, ce sera pas cher !

Avant même qu'Albert ne proteste, elle avait fait signe au chauffeur du taxi qui s'arrêta à leur hauteur.

— Salut Memouna, où c'est que tu vas, comme ça ?

— Tu le connais ? s'étonna Albert.

— Ici, tout le monde connaît tout le monde. C'est Ali, le papa de Mamadou.

— On va aux villas de l'autre côté. Tu prends combien ?

— Pour toi, la valise et le toubab, ce sera dix euros !

— Dix euros, ça va pas la tête ! Cinq !

Le chauffeur s'esclaffa.

— Ça marche ! Ah ! qu'est-ce que je ferais pas pour ma future belle-fille !

— Décidément, tu en as des fiancés !

— Ouais, mais moi je me marierai pas avec quelqu'un de la cité !

« En voilà une qui sait drôlement ce qu'elle veut, du haut de ses neuf ans ! » se dit Albert.

— Mais dis donc, elle pèse une tonne ta valise. Tu déménages ? s'étonna le chauffeur.

— Oui, chez Albert, mon parrain…

— Albert ? Le…

— Oui, le mari d'Alicia ! confirma Albert.

— Ça roule ! En voiture tout le monde !

5

Albert ou Alberto ?

— Qu'est-ce qu'on mange ? demanda Memouna plantée devant le frigidaire, tandis qu'Albert peinait à monter sa valise au premier étage.

— Tu permets que j'installe la valise de Mademoiselle dans sa chambre, d'abord ?

— Mais j'ai faim, moi !

— Moi aussi figure-toi ! Avec toute cette histoire, je n'ai rien avalé depuis ce matin.

— Mais il est vide ton frigo !

— Ben oui, forcément, c'est ta mère qui fait les courses le vendredi. Et dois-je te rappeler qu'aujourd'hui, elle n'était pas vraiment en état de les faire !

— On va chez *Mac Do*, alors ?

— Et puis quoi encore ? Le taxi, le *Mac Do*,

pour qui me prends-tu à la fin ? Je n'ai pas cambriolé la Banque de France !

— T'es pas riche, alors ?

— Ben non ! Riche, riche ! Tu n'as que ce mot à la bouche. Je ne dis pas que je suis pauvre pour autant. Mais je suis économe. L'argent, on ne le gagne pas comme ça ! Je n'aime pas le jeter par les fenêtres.

— T'es avare, donc ?

Hector pouffa : « Oh que oui, si tu savais ! »

— Memouna, tu me fatigues ! J'ai eu suffisamment d'émotions pour aujourd'hui. Il doit y avoir des coquillettes dans le placard et du jambon dans le frigidaire.

— Du jambon ? Du jambon de quoi ?

— Du jambon de quoi ? de cochon, pardi !

— Mais c'est hallouf, le jambon ! On n'a pas le droit d'en manger !

— Pourquoi ?

— C'est interdit, le cochon, c'est péché !

— Péché, pour qui ?

— Ben, pour moi !

— T'es musulmane ?

— Ben oui, bana... Pardon !

— Excuse-moi, mais comment veux-tu que je le sache ? Ce n'est pas écrit sur ton front.

— Maman t'a pas dit ?

— Ta mère et moi ne parlions guère. Jusqu'à ce matin, je ne savais même pas que tu existais ! Tu es née où ?

— Ici !

— Et ta mère ?

— Au Sénégal.

— Et ton père ?

— Au Sénégal aussi. Ils sont venus ensemble en France. Ma mère, elle était enceinte et elle voulait que je naisse en France. Mais quand je suis née, j'étais une fille et ma mère avait perdu son térus. Elle pouvait plus avoir de bébés. Alors mon père est parti chercher une femme avec un térus en bon état de marche pour lui faire des garçons.

— Et comment ta mère s'est-elle débrouillée pour vivre ?

— Au Sénégal, ma mère allait à l'école. Elle savait lire et écrire le français. Alors, elle a tout de suite pu faire femme de ménage, ici ! Elle travaillait la nuit dans les bureaux. Elle me prenait avec elle. Dans la journée, on allait chez des cousins, un jour par ici, un jour par là. Et puis, elle a fait la connaissance d'Alicia au bureau où ils aident les immigrés. Grâce à elle, on a pu avoir le F2 à la cité. Et elle a aidé maman à trouver un autre boulot, pour la journée, pendant que j'étais à la crèche. Après, maman aidait Alicia pour les cours de phabétisation.

Albert hocha tristement la tête. Jamais, il ne s'était intéressé à ce que faisait Alicia à la cité. Un sacré bon boulot, visiblement ! Il se souvint alors que parfois, elle rentrait tout excitée, brûlant de lui raconter sa journée. Mais Albert ne lui posait jamais aucune question. Comme il le regrettait à présent.

— Un jour, quand j'étais encore petite, mon père est revenu. Il avait entendu dire que maman avait un appartement et il est venu lui faire des ennuis parce qu'il voulait vivre là avec sa nouvelle femme. Alors maman a appelé les voisins et ils ont jeté mon père à la rue. On ne l'a jamais revu mais maman a toujours peur. C'est pour ça qu'elle ne veut pas que je sorte toute seule, qu'elle vient me chercher à l'école.

— Mais que craint-elle, exactement ?

— Que mon père me prenne et m'emmène au pays.

— Pourquoi ferait-il ça ?

— Parce qu'il l'a dit !

— À qui ?

— À Ali, le père de Mamadou. Le chauffeur de taxi. Ils sont du même village tous les deux. Il lui a dit qu'un jour il me prendrait ! Depuis, maman a peur.

— Et toi ?

— Moi aussi, j'ai peur. Je veux pas qu'il me prenne. Je veux rester avec maman.

La fillette avait pris un air grave.

Albert, embarrassé, toussota.

« Dis-lui quelque chose de gentil ! Réconforte-la, cette petite ! » pensait Hector. Mais Albert n'était pas très doué pour consoler les petites filles.

— Bon, tu devras te satisfaire de coquillettes ! se contenta-t-il de grommeler. Nous ferons les courses demain. Mets de l'eau à bouillir en attendant. Les casseroles sont dans le placard, en bas. Moi, je monte faire ton lit.

— Des draps roses, s'il te plaît ! J'aime que les draps roses !

— C'est cela ! Je n'ai que ça dans mes placards, des draps roses !

— Maman dit que je suis une princesse, et une princesse dort dans des draps roses.

— Tu es gentille, Memouna, mais ici tu n'es pas chez le roi de France. Alors il faut que tu t'adaptes !

Memouna fit la moue et poussa un profond soupir, tandis qu'Albert gravissait les escaliers en maudissant ce coquin de sort. À l'heure qu'il est, sans la gamine, il serait confortablement installé dans son fauteuil, devant la télé.

Memouna trouva les casseroles et mit l'eau à bouillir. Le téléphone sonna et elle alla décrocher.

— Allô ? Allô ? C'est qui ? Allô ?

— Qui est-ce ? demanda Albert de là-haut.

— Personne ! Encore une banane qui s'amuse. Ça a raccroché. Chez moi aussi, ils font ça !

— Ils font quoi ?

— Ben des blagues débiles au téléphone ! Dis, pourquoi il est attaché à un fil ton téléphone ? T'as peur qu'on te le pique ? Tiens, ça recommence !

— Allô ? Qui... Alberto ? Y a pas d'Alberto ici ! Ça suffit vos bananeries ou j'appelle la police, moi !

Albert dévala l'escalier mais la petite avait raccroché.

— T'inquiète pas ! C'était une erreur ! Ils voulaient parler à Alberto !

— Alberto ? Mais c'est moi !

— Tu t'appelles pas Albert ?

— Mais si, enfin non ! Mon vrai nom c'est Alberto mais en France, c'est Albert.

— Pourquoi, t'es pas français, toi ?

— Si ! Maintenant, je le suis, mais…

« À mon humble avis, cette gamine aura tôt fait de le rendre chèvre, notre Albert ! » s'inquiéta Hector.

Le téléphone sonna à nouveau.

— Non ! N'y touche pas ! Je m'en occupe ! Va surveiller l'eau des pâtes, s'il te plaît. Allô ? Oui, c'est moi ! Non, non, tu étais bien chez moi mais… Je t'expliquerai… Si, si, tout va bien… J'ai eu une journée de dingue. Je te raconterai… Si, il y a une gamine chez moi… C'est la fille de ma femme de ménage… D'accord… À demain, chez moi, à six heures, comme d'habitude.

— Pourquoi tu te fais appeler Albert si tu t'appelles Alberto en vrai ? lui demanda Memouna quand il l'eut rejointe à la cuisine.

— Tu veux du beurre dans tes coquillettes ?

— Oui, et du ketchup, s'il te plaît.

— Je n'en ai pas !

— T'as pas de ketchup ? Va falloir en mettre sur la liste des courses, parce que moi je peux rien manger sans ketchup.

— Non mais je rêve, ma parole ! Mademoiselle

ne dort que dans des draps roses et ne peut rien manger sans ketchup ?

— Ben oui ! Alors, raconte !

— Raconter quoi ?

— Pourquoi tu te fais appeler…

— Parce que je suis d'origine portugaise.

— Et t'as honte ?

— Mais non, pas du tout ! Seulement, quand j'ai obtenu la nationalité française, j'ai opté pour Albert, pour faire plus français !

— Pourquoi tu voulais faire plus français ? C'était pas bien, portugais ?

— Parce que c'est comme ça ! Quand on choisit un pays pour y vivre, quand on en demande la nationalité, c'est pour en faire partie, non ? Faire des efforts pour s'intégrer, c'est la moindre des reconnaissances envers le pays qui vous a ouvert les bras, tu ne penses pas ?

— Je comprends pas ! Pourquoi tu peux pas être français si tu t'appelles Alberto ?

— Memouna, t'en as pas marre de me poser des questions ?

— Non !

— Mais qu'est-ce que tu veux à la fin ? Mange tes coquillettes, elles vont refroidir !

— D'accord ! Explique pendant qu'on mange.

— On ne parle pas la bouche pleine.

— Allez, s'il te plaît !

— Que je t'explique quoi ?

— Et Alicia ?

— Quoi, Alicia ?

— Elle était portugaise aussi ?

— Oui. Mais née en France, elle. Son vrai nom, c'était Alice. Elle se faisait appeler Alicia, en hommage à sa grand-mère portugaise qu'elle n'avait pas connue.

— J'y comprends rien !

— Pas grave ! Mange !

— Pourquoi, toi qui es né au Portugal et qui t'appelles Alberto, tu te fais appeler Albert alors qu'Alicia...

— Memouna, c'est trop compliqué pour toi ! Tu comprendras peut-être plus tard.

— Quand je serai française ?

— Mais tu es française ! Tu es née ici, non ?

— Oui !

— Alors t'es française, voilà !

— Faut que je change de prénom, moi aussi ?

— Non, tu n'y es pas obligée !

— Moi, je voudrais m'appeler Charlotte !

Albert haussa les épaules et leva les yeux au ciel.

— Dans ma classe, il y a une fille qui s'appelle

Blanche ! poursuivit la fillette. Tu crois que ça m'irait, Blanche, comme prénom ?

Albert la regarda, médusé. Était-elle sérieuse ? Mais ses yeux brillaient de malice.

— Moi aussi j'ai une amie qui s'appelle Bianca.

— Et alors ?

— Bianca ça veut dire Blanche.

— Ah ! Et elle est noire ?

— Mais non, bécasse ! Elle est portugaise...

— Et alors, ça existe des Portugais noirs, non ?

— Oui... Tu as raison. Mais mon amie Bianca est blanche. Elle était la meilleure amie d'Alicia... Bon, finis tes coquillettes et file au lit ! Tu m'as fatigué !

— Mais il n'y a pas école, demain ! Je peux dormir tard. Et j'ai pas eu mon dessert ! T'as des desserts ?

— Oui, je peux te proposer une pomme, une orange.

— C'est pas des desserts, ça ! C'est des fruits.

— Oui, mais un fruit, c'est un dessert aussi.

Memouna haussa les épaules.

— N'importe quoi ! On voit que t'as jamais eu d'enfant, toi !

« Aïe ! » fit Hector.

— Qui te dit que je n'ai jamais eu d'enfant ?

— Personne, mais ça se voit.

— Pomme ou orange ?

— Orange, mais faut que tu me la peluches !

— Que je te *l'épluche* ! Et ensuite, tu files au lit !

6

ZOUBIDA

Le repas terminé, la vaisselle faite et rangée, Memouna gravit en sautillant les escaliers menant vers le premier étage.

— C'est à qui cette chambre ? demanda-t-elle en entrant dans la pièce.

— À personne. C'est une chambre d'amis…

— Ils sont SDF, tes amis ?

— Mais non ! On appelle cette pièce « chambre d'amis » au cas où j'aurais des invités, tu comprends ?

— Comme qui, par exemple ?

— Comme toi, par exemple ! Bon, regarde, ici, tu as une commode pour ranger tes affaires. Et la salle de bain est là ! Je t'ai préparé une serviette. Si tu as besoin de quelque chose, tu me demandes. Je descends. Je suis dans le salon, OK ?

— Eh, pourquoi il y a des voitures de course sur les draps ? C'est des draps de garçon, ça !

— Oui, mais c'est tout ce que j'ai comme draps ! Tu devras t'en contenter, là !

Memouna poussa un profond soupir en ouvrant sa valise.

— Vivement que maman sorte de l'hôpital ! marmonna-t-elle à l'intention d'Hector. Cet Albert, il me saoule grave !

« Pourtant, il se montre plutôt patient avec toi ! se dit Hector. Franchement, il fait de sacrés efforts, crois-moi ! »

En bas, Albert s'était confortablement installé sur le canapé pour écouter Amália Rodriguez. Mais sa quiétude fut de courte durée.

— Zoubidaaaaaa ! hurla la gamine.

— Qu'est-ce qui se passe, Memouna ?

Pestant et maudissant sa femme de ménage, il remonta les marches à toute allure.

Il découvrit Memouna effondrée devant sa valise ouverte.

— On a oublié Zoubida !

— On a oublié ? Moi je n'ai rien oublié du tout. Et puis, qui est Zoubida ?

— Ma poupée. Je ne peux pas dormir sans elle. C'est ma grand-mère qui me l'a envoyée du pays.

— Je vois. On ira la chercher demain, d'accord ? Maintenant tu ranges tes affaires et tu me fais le plaisir de te coucher. Je ne veux plus t'entendre pour ce soir !

Sur ce, Albert ferma la porte de la chambre et amorça sa descente vers le salon.

Mais Memouna s'était remise à hurler :

— Zouuuuuubiiiiiidaaaaaa !

Ce qui obligea Albert à faire demi-tour.

— Ça ne va pas de hurler comme ça ? Tu n'as pas honte ? Tu n'es plus un bébé ! Tu peux dormir une nuit sans ta poupée !

— Non, je peux pas !

— Faudra bien pourtant ! Tu ne veux tout de même pas qu'on aille la chercher à cette heure-ci ? Il est dix heures du soir !

— Si, faut qu'on y aille !

— C'est hors de question ! Je ne vais pas m'aventurer dans ce coupe-gorge au beau milieu de la nuit ! On verra ça demain !

— D'accord, alors j'y vais toute seule ! Et je dirai tout à ma mère, demain !

— Et moi, je lui dirai que tu es insupportable ! Elle t'a pourtant recommandé d'être très très sage.

— Oui, mais ma mère sait que je ne peux pas dormir sans Zoubida !

— Fallait y penser avant ! Je t'ai bien demandé si tu n'avais rien oublié quand nous étions chez toi. C'est donc qu'elle n'est pas si importante, ta poupée, puisque tu l'as oubliée.

— J'y pense jamais le jour, à Zoubida. Juste le soir pour dormir.

— Eh bien pour une fois, tu t'en passeras !

— Non, non et non !

— Fais attention, Memouna, si tu m'embêtes, je te ramène chez ta mère. Et je peux te dire que tu passeras un sale quart d'heure ! Elle t'enverra dans un foyer, vite fait ! Et moi j'aurai la paix !

— Oh, s'il te plaît, Albert.

— S'il te plaît quoi ?

— Viens chercher Zoubida avec moi. Je te jure qu'après je serai hyper sage et que plus jamais je te dirai banane.

Albert était sur le point de refuser quand son regard tomba sur une photo d'Alicia, posée sur la commode. Elle le regardait droit dans les yeux, lui souriant comme elle le faisait quand elle voulait obtenir quelque chose.

— Mais...

— S'il te plaît, Albert ! supplia Memouna.

— Comment veux-tu qu'on y aille, à cette heure-ci ?

— S'il te plaît...

Albert haussa les épaules et capitula. De toute manière, il pressentait qu'il n'avait pas le choix.

— Bon, je vais appeler un ami. Ne bouge pas.

Memouna lui sauta au cou.

— T'es un trop bon bourge, toi ! Merci, merci !

Albert se contenta de maugréer en descendant téléphoner.

— Allô, Manuel ? Oui, c'est moi, Alberto... Non, rien de grave, je suis désolé d'appeler si tard, mais j'ai besoin d'un service... Tu pourrais passer chez moi avec ta voiture, faut que je fasse une course urgente... Oui, maintenant... C'est sympa... À tout de suite.

— C'est OK, Memouna ! lui cria Albert du bas des escaliers. Mon ami va nous conduire chez toi. Il habite à deux pas, il ne devrait pas tarder. Tu pourras le remercier, vraiment ! Déranger les gens à cette heure...

Quand Albert entendit la voiture de Manuel s'arrêter devant chez lui, il appela la petite :

— Bon, tu peux descendre, Memouna ! Manuel est là !

S'étonnant de ne pas la voir dévaler les escaliers, il remonta.

Memouna, tout habillée, dormait à poings fermés.

— Tu le crois ça, Hector ? Il n'y a pas deux minutes elle braillait, et voilà qu'elle dort comme un loir !

« Ben oui, sans doute vaincue par les émotions... Pauvre petite ! » pensa le chat.

— Et voilà Manuel qui sonne à la porte. Qu'est-ce que je fais, moi ?

Albert descendit ouvrir et fit signe à son ami de le suivre.

— Tiens, regarde de quoi j'ai hérité ! lui fit-il en désignant Memouna.

— Faut lui enlever ses chaussures ! suggéra Manuel qui avait six petits-enfants.

— Elle s'est endormie comme ça, d'un coup, alors qu'il n'y a pas dix minutes elle pleurait pour qu'on aille lui chercher sa poupée sans laquelle elle ne peut pas dormir.

— C'est comme ça, les gosses, qu'est-ce que tu veux ? Attends, on va la glisser sous la couverture. Elle pourrait avoir froid.

Une fois Memouna bien au chaud, les deux amis redescendirent au salon.

— Désolé de t'avoir fait venir pour rien. Tu veux une bière ?

— Je préférerais une tisane, si tu as.

— Je dois avoir ça.

— Alors, raconte ! C'est qui, cette petite ?

— C'est la fille de ma femme de ménage. Elle a fait un malaise ce matin et n'avait personne à qui confier sa gamine le temps de son hospitalisation.

— Mince, te voilà dans de beaux draps !

— Tu l'as dit. En plus, ce n'est pas un cadeau, la gamine. Je suis épuisé !

— Mon pauvre Alberto ! Ceci dit, en y réfléchissant, ça ne te fera pas de mal d'avoir un peu de compagnie. Tu te renfrognes à vivre seul. Un enfant à la maison, c'est une bénédiction !

Albert baissa la tête.

— Oh, excuse-moi ! Je ne voulais pas...

— Pas grave. C'est de l'histoire ancienne ! Tiens, la tisane de monsieur est servie.

— Merci, tu vas la garder combien de temps ?

— Juste le week-end.

— Alors pas de belote, demain ?

— Ah si, j'ai prévenu Alfredo ! Pas question d'y renoncer. Je vous attends à six heures.

— Très bien ! On y sera.

Les deux amis bavardèrent encore quelques

minutes, puis Manuel se leva pour prendre congé :

— Bon, je te laisse dormir. Bonne nuit !

— Bonne nuit, Manuel ! Et encore merci !

Albert ferma les volets. Il était exténué. Il avait besoin d'une bonne et longue nuit de sommeil pour se remettre de cette journée mouvementée.

7

L'AVENIR APPARTIENT AUX GENS QUI SE LÈVENT TÔT

Il dormait profondément quand il se sentit fermement secoué.

— Eh, Albert, réveille-toi !

— Hein ? Quoi ? Qu'est-ce qui se passe ?

— Debout, je te dis !

— Je t'avais oubliée, toi ! Il est quelle heure ?

— Sept heures !

— Il est trop tôt. Va te recoucher !

— Elle est où, Zoubida ?

— Chez toi, et elle dort, elle, à cette heure ! Tu as du culot, quand même ! Hier soir, j'ai spécialement dérangé mon ami Manuel. Pour rien. Ce qui prouve que tu n'en avais pas vraiment besoin, de ta poupée ! Retourne te coucher maintenant !

— Non, j'ai plus sommeil ! Et j'ai faim. T'as du Nesquik et du Nutella ?

— Non, je n'en ai pas. Il y a du pain, du beurre et de la confiture. Il y a du lait, aussi. Prends ce que tu veux, et laisse-moi dormir.

Memouna ne l'entendait pas de cette oreille.

Elle rabattit prestement la couverture.

— Maman dit que l'avenir appartient aux gens qui se lèvent tôt !

Albert agrippa la couverture et se recouvrit.

— Mais moi, mon avenir, il est derrière moi, si tu veux le savoir !

— T'es un paresseux !

— Peut-être, mais cela ne me gêne pas. Il n'y a personne qui m'attend !

— Mais si, il y a moi ! Moi, je t'attends !

Le cœur d'Albert se serra.

— Tu sais quoi, Albert ? Bouge pas ! Je vais préparer le petit déjeuner et je te l'apporterai au lit.

— Non ! C'est bon, je me lève ! Je n'ai plus sommeil, maintenant. Mais… C'est quoi cette odeur ?

— J'ai mis un peu de ton parfum… T'aimes pas ?

— De mon parfum, mais lequel ?

Il se pencha et huma la fillette.

— Mais tu t'es arrosée d'after-shave, ma parole !

— C'est quoi ça ?

— C'est de la lotion après-rasage.

Memouna bondit et se mit à hurler en se ruant vers la salle de bain :

— Hé ! je vais avoir des poils ! Je vais avoir des poils !

— Mais non, bécasse ! s'esclaffa Albert en la rejoignant. Allez, sors de là, je fais ma toilette et je descends.

Quand Albert rejoignit Memouna à la cuisine, elle avait dressé la table. Cette fois, c'est sa gorge qui se serra. Il y avait bien longtemps qu'il n'avait plus pris son petit déjeuner en compagnie. Tout y était, les bols, la confiture, le beurre, le sucre. Comme au temps d'Alicia.

— Je vais mettre le lait à bouillir ! marmonna-t-il. Ça te dirait du pain grillé ?

— Ouais, ce serait bien, car il est un peu rassis ton pain !

Puis, brandissant un papier :

— Regarde, j'ai fait la liste des courses ! Je te lis : du ketchup, du Nesquik, du Nutella, des chips, des hamburgers, du Coca...

— Et qu'est-ce que je ferai de tout ça après ton départ ?

— Eh ben, tu le mangeras ! C'est bon, tu sais.

— J'en doute ! Tiens, voilà tes toasts ! Mets-y du beurre et de la confiture.

— Mais il y a des morceaux dans la confiture, et plein de peau dans le lait. Beurk !

— C'est ce qu'il y a de meilleur, les morceaux et la peau !

— Tu parles !

— Apparemment, cela ne t'a pas coupé l'appétit ! fit remarquer Albert alors que la petite entamait son sixième toast. Je vais me préparer et nous allons sortir faire les courses.

Albert montait vers sa chambre quand le téléphone sonna.

— Je peux décrocher ? demanda Memouna.

— Oui, mais ne dis pas de bêtises !

— Allô ! Maman ! Ma petite maman chérie ! T'es sortie de l'hôpital ? Non ? Oui, je te le passe. Albert, c'est maman qui veut te parler.

— Bonjour Zaïna. Comment allez-vous ? Nous, ça va, on s'arrange tous les deux... Ah bon ? Tant que ça... Mon Dieu... Que voulez-vous que je vous dise ? Je ne vais pas la jeter à la rue, votre gamine... Oui, d'accord, je vous l'amène cet après-midi.

— Elle sort quand, maman ?

— Je ne sais pas. Pas demain en tout cas. Elle doit subir une petite intervention. Elle espère sortir au plus tard mercredi. Ensuite, il faudra qu'elle se repose encore quelques jours. Bon, viens, on va aller faire les courses.

Dans la rue, Memouna glissa sa main dans celle d'Albert qui se laissa faire sans rechigner, cette fois.

À l'hypermarché du centre commercial, Albert poussait le chariot et Memouna le remplissait.

— Attends, lui fit Albert, il faut que je prévoie l'apéro pour ce soir. Mes amis viennent jouer à la belote.

— C'est qui tes amis ?

— Il y a Manuel, dont tu as failli faire la connaissance hier soir, Fredo et Bianca.

— Et ils vont manger chez toi ?

— Oui, en général on commande des pizzas.

— Oh, j'ai une idée ! s'exclama Memouna. Ce soir, c'est moi qui prépare le dîner !

— Tu sais faire la cuisine, toi ?

— Oui, ma mère m'a appris. Enfin, je sais faire qu'une chose : le yassa de poulet. Mais je le fais super bien !

— En tout cas, ta mère est une excellente cuisinière !

— Moi aussi, je te jure !

— Hmmm ! fit Albert méfiant.

— T'auras qu'à demander à maman, si tu me crois pas !

— D'accord ! Va pour ton yassa !

— Cool ! On va acheter ce qu'il faut. Tu as de l'huile chez toi ?

— Oh, je dois bien en avoir un peu !

— Un peu, ça ne suffira pas. Il faut au moins une bouteille. Il faut du riz aussi, et des citrons, et des oignons, beaucoup d'oignons, et du piment, beaucoup de piment. Et puis des morceaux de poulet aussi, sinon ce sera pas du yassa de poulet ! s'esclaffa-t-elle.

Albert obtempérait, tout en se réjouissant de la tête que ferait sa bande, ce soir, en voyant la nouvelle maîtresse de maison.

— Et ta maman ? Tu ne penses pas que tu devrais lui apporter un petit quelque chose ?

— Oh si ! Mais quoi ?

— On pourrait lui prendre une boîte de chocolats ?

— Super !

Arrivé à la caisse, Albert n'en crut pas ses yeux

d'avoir dépensé tant d'argent pour quelques courses. Enfin, quelques courses, c'était peu dire. Le chariot débordait.

— Comment on va transporter tout ça ? s'alarma-t-il. Je n'ai qu'un caddie moi, pas un semi-remorque !

— Ben, y a qu'à se faire livrer ! Regarde, c'est marqué « Livraisons à domicile » là !

Albert n'y avait pas pensé. Décidément, la petite ne manquait pas de ressources !

— Bon, il ne nous reste plus qu'à rentrer à la maison, maintenant !

— Ben non ! Faut manger, j'ai faim ! Et comme on n'a pas encore les courses, on peut pas déjeuner chez toi !

— Tu as faim ? Mais il n'est même pas midi et tu as mangé pour quatre au petit déjeuner.

— Oui, mais j'ai faim ! Et si on va maintenant à la cafèt', il n'y aura pas beaucoup de monde et comme ça, on mange vite et on sera juste rentrés pour la livraison.

Albert hocha la tête en signe d'impuissance et, résigné, il suivit Memouna.

8

Albert, le héros

— Alors, comment ça se passe avec le toubab ? chuchota Zaïna à l'oreille de Memouna.

— Ça va ! Il est pas aussi méchant que je le pensais, lui confia sa fille. Même que ce soir, c'est moi qui cuisine pour Albert et ses amis ! ajouta-t-elle à voix haute.

— Vous avez de la chance, monsieur Albert, ma fille fait très bien le yassa de poulet.

— C'est ce qu'elle m'a dit, fit Albert.

— Merci pour les chocolats !

— C'est Memouna qui y a pensé, bougonna Albert.

— Menteur, c'est toi qui m'as dit que...

— Memouna ! Comment tu lui parles, dis donc ! Tu dois dire « monsieur Albert » et lui dire vous !

— Laissez, Zaïna, le tutoiement ne me dérange pas.

— Eh ! maman, tu savais qu'il s'appelle Alberto, en vrai ?

— Oui, je le savais. Mais mêle-toi de tes affaires, tu veux ? Excusez-la, monsieur Albert, Memouna est très curieuse…

— Je m'en suis déjà aperçu, effectivement !

— Monsieur Albert, je ne voudrais pas abuser de votre gentillesse, mais j'ai besoin de quelques affaires. Il faudrait que vous passiez chez moi. Memouna y prendra ce dont j'ai besoin et vous pourriez me l'apporter demain ?

Albert opina de la tête. Au point où il en était ! Il avait l'impression que toute sa vie tournait désormais autour de Memouna et de sa mère. Il se demandait aussi comment il remplissait ses journées avant…

— Bon, allons-y maintenant ! Il faut que je sois à la maison à six heures pour accueillir mes amis.

— Memouna, je t'ai inscrit tout ce dont j'ai besoin et l'endroit où tu le trouveras. Tu mettras le tout dans mon cabas rouge. Allez, va ma fille ! Et sois sage avec monsieur Albert ! Sage et polie ! Ne va pas me faire honte !

— Promis, maman !

— Au revoir, monsieur Albert et... je ne sais pas comment vous remercier !

— Alors, ne me remerciez pas ! Et dépêchez-vous de vous remettre, surtout. Ça m'arrangerait bien, voyez-vous ? Non pas qu'elle soit difficile, votre gosse, mais elle remplit sacrément l'espace, quand même !

Zaïna lui adressa un sourire reconnaissant.

Alicia avait toujours défendu son Albert toutes griffes dehors, ne cessant de clamer combien il était doux et gentil. Zaïna avait eu bien du mal à la croire. Aujourd'hui, elle savait que c'était vrai.

— Merdum ! J'avais oublié les six étages à monter ! râla Albert en arrivant à la cité. Vas-y sans moi, Memouna, sois gentille. Je n'ai pas la force. Tu n'as pas besoin de moi, là ! Je t'attends sur ce banc. Je ne bougerai pas d'ici. Et si tu as un souci, tu m'appelles par la fenêtre, OK ?

Memouna avait d'abord froncé les sourcils, puis elle prit Albert en pitié.

— D'accord, mais tu bouges pas, hein ?

— Non, je te promets.

— T'as pas peur ?

— Peur ?

— Ben oui, Alicia disait que tu avais peur de venir à la cité.

— Peur, peur... Non, pas vraiment ! Je n'aime pas, c'est tout ! Mais... c'est bon, là... Ne t'inquiète pas...

— Attends, tu vas voir.

Memouna inséra ses deux doigts dans sa bouche et siffla.

Sofiane et ses potes apparurent peu après.

— Salut, les gars ! Ça gaze ?

— Ouais et toi ? Ça se passe bien chez l'toubab ?

Memouna fit les présentations :

— Lui, c'est Mamadou, le fils d'Ali ! expliqua-t-elle à Albert.

— Enchanté, jeune homme ! Mais je ne suis pas médecin et on dit *toubib* !

Les enfants se regardèrent sans comprendre.

— Il n'est pas un peu zarbi, le céfran ? demanda Sofiane à Memouna.

— Ben non, il n'est pas comme ça d'habitude. Pourquoi tu dis ça, Albert ? demanda Memouna intriguée.

— Parce que tout le monde m'appelle le toubab ! Et *toubab* ça ne veut rien dire ! On dit *toubib*, ce qui veut dire médecin, docteur si tu préfères.

Memouna gloussa.

— Mais non Albert, toubab, ça veut dire blanc ! C'est comme ça qu'on vous appelle chez nous !

— Ah bon ? D'accord, charmant !

— T'es fâché ? C'est pas comme banane, toubab ! C'est comme quand toi tu dis les blacks ou les beurs. C'est pas malpoli.

— Je ne dis ni black ni beur, moi ! protesta Albert.

— Alors, je dirai plus toubab, Albert, je te promets. Surtout que t'en es pas un vrai, finalement ! Je crois pas que les Portugais sont des toubabs !

— Bon, file maintenant ! Et n'oublie pas Zoubida, cette fois.

— T'es trop cool ! J'y pensais même plus. Bon, les gars, je monte. Et vous tenez compagnie à Albert, OK ?

— Ça roule, Memouna ! fit Mamadou.

— Moi, je monte avec toi ! décida Sofiane en posant sa main sur l'épaule de la fillette.

— Arrête ! lui intima-t-elle, au grand soulagement de Mamadou que l'attitude de Sofiane agaçait prodigieusement.

— N'oublie pas que Memouna, c'est avec moi

qu'elle va se marier… crut-il bon de rappeler à son copain.

— Ni avec toi ni avec lui ! trancha Memouna. Allez, on y va !

Tandis que Memouna et Sofiane s'éloignaient, Albert, suivi des copains de Memouna, se dirigea vers le seul banc existant sur l'esplanade de la cité. Il était occupé par une jeune femme en boubou.

— Bonjour, monsieur Albert ! lui fit-elle en souriant.

— Bonjour, madame ! répondit Albert, que plus rien ne surprenait.

Il était mal à l'aise, cependant. Il avait beau se raisonner, il n'aimait pas cet endroit. Ce n'était plus de la peur, mais une sensation étrange de compassion soudaine pour ces gens. Cela lui rappelait de bien mauvais souvenirs. Albert avait à peine dix-sept ans quand il avait passé clandestinement la frontière pour venir faire fortune en France. En guise de fortune, il était allé rejoindre ses compatriotes dans un immonde bidonville de la banlieue parisienne. Au moins, ici, ils ont l'eau, l'électricité, des toilettes et des salles de bain. Nous, on n'avait rien de tout ça. Heureusement qu'il y avait eu Alicia qui venait au bidonville tous les dimanches pour enseigner le français. Un vrai coup de foudre ! Très vite, ils s'étaient mariés et avaient pu s'installer dans un petit logement en dehors du bidonville. Oui, ç'avait été dur, se souvenait Albert, mais nous ne sommes pas devenus des voyous pour autant. Tout le monde ne rêvait que d'une chose ! S'en sortir et réussir ! Et ce n'est pas en brûlant des voitures mais en retroussant nos manches que nous y sommes parvenus. Albert ne pouvait admettre ce genre de comportement. La violence ne menait à rien, selon lui...

Les hurlements de Memouna le tirèrent de ses réflexions.

— Albert, viens vite ! Viens vite !

Elle s'était précipitée vers lui, le visage baigné de larmes.

— Il y a un homme chez nous. Il dit qu'il est mon père et qu'il est chez lui. Il ne veut pas partir !

— J'arrive !

Albert suivit la fillette et gravit bien plus prestement les étages que la fois précédente.

Dans le salon, un homme était affalé sur le canapé, des restes de déjeuner à ses pieds, la télé allumée.

— Que faites-vous ici, monsieur ? lui lança sèchement Albert.

— Comment ça, qu'est-ce que je fais ? Je suis chez moi ! Et vous, qu'est-ce que vous faites là ?

— Vous êtes chez vous ? Prouvez-le ou sortez immédiatement !

L'homme s'était redressé. Il dépassait Albert d'une bonne tête.

— C'est toi qui vas sortir immédiatement de chez moi ! Tu m'entends, le toubab ?

L'homme pointait vers lui un doigt menaçant, mais Albert n'avait pas reculé d'un pas. Memouna, blottie contre lui, tremblait de tous ses membres.

— Vous ne me faites pas peur, monsieur. Soit vous déguerpissez, soit j'appelle la police.

L'homme se rassit aussitôt.

— Pourquoi la police ? demanda-t-il d'un ton bien plus calme. On peut discuter entre hommes.

— Non, monsieur. Ce que vous avez fait s'appelle de la violation de domicile. Cet appartement n'est pas à votre nom, donc vous y êtes entré par effraction en l'absence de sa locataire.

— OK ! OK ! Je m'en vais ! Mais j'emmène ma fille avec moi ! Et ça, vous ne pourrez pas m'en empêcher !

Il se releva et fit un pas en direction de Memouna qui se mit à hurler :

— Maman, maman !

Albert comprit que physiquement, il ne pourrait rien contre cet homme encore jeune et baraqué. Celui-ci avait agrippé la fillette et avait plaqué sa main sur sa bouche pour l'empêcher de crier.

Albert imita alors le sifflement de Memouna.

En quelques instants, les enfants rappliquèrent. Évaluant d'un coup d'œil la situation, Sofiane alla prévenir sa mère. Des femmes ne tardèrent pas à accourir tandis que d'autres formaient un barrage dans la cage d'escalier.

L'homme lâcha prise et ne demanda pas son reste.

Il bouscula Albert, assena quelques claques au passage, se rua vers l'escalier et détala à toutes jambes.

Tout le monde resta interdit.

— Ouf ! lâcha Albert en reprenant ses esprits.

— Trop fort, le toubab ! fit Sofiane.

— Bravo, Albert ! t'es mon héros, lui chuchota Memouna en se serrant contre lui.

Albert eut droit à une véritable haie d'honneur en redescendant. La nouvelle de son courage s'était répandue dans la cité comme une traînée de poudre. Les femmes poussaient des youyous et se disputaient l'honneur de lui offrir le thé.

Albert refusa poliment. Il avait belote, ce soir. Et il était l'heure d'y aller. Une prochaine fois, peut-être ?

— Ah, il est bien le mari d'Alicia ! entendit-il à plusieurs reprises.

Quant à Memouna, elle tenait fermement la main de son sauveur.

— Maman va pas me croire quand je vais lui raconter ! Comment tu lui as fermé le caquot à mon père !

— Le *caquet* ! rectifia Albcrt.

9

LES AMIS D'ALBERT

À peine rentrée, Memouna s'était précipitée dans la cuisine, interdisant à Albert d'y mettre les pieds.

— Tu n'as rien à faire ici ! décréta-t-elle d'un ton péremptoire.

Elle avait alors passé autour de sa taille le tablier de Zaïna et disposé sur la table tous les ingrédients nécessaires à la confection de son plat.

Hector ne la quittait pas des yeux.

— Si tu pètes, je te fiche dehors ! l'avait-elle prévenu. On pète pas dans la cuisine, compris !

« Je vais faire de mon mieux ! » se promit le chat. Que n'aurait-il pas fait pour les beaux yeux noirs de cette petite fille qui était en train de changer radicalement son Albert.

— Tu as besoin d'aide? demanda Albert depuis le salon.

— Non, tout va bien. Je me débrouille... Toi, tu te reposes. Tu es un héros...

— Un héros, un héros... N'exagérons rien! Sans l'aide de tes copains et de leurs mères, je n'aurais rien pu faire.

Memouna le rejoignit un moment au salon, entortillée dans le tablier qui lui tombait sur les chaussures. Son regard s'était voilé.

— Tu crois... tu crois qu'il m'aurait emmenée avec lui et que j'aurais plus jamais revu maman? demanda-t-elle d'une voix tremblotante.

— Non! pas du tout, mentit Albert. Il disait ça pour nous faire peur! Mais tu as bien vu, il a détalé comme un lapin! Seulement, il faudra quand même faire attention... Je ne veux pas que tu sortes seule, sans moi, d'accord?

Memouna s'approcha d'Albert et, lui passant ses deux bras autour du cou, lui plaqua un gros baiser sur la joue.

Albert n'était guère habitué aux effusions de tendresse.

— Si j'avais pu choisir mon papa, c'est toi que j'aurais pris! lui glissa-t-elle au creux de l'oreille.

« Faut peut-être pas exagérer, non plus ! » ricana Hector, pris d'une soudaine jalousie.

— Bon, c'est pas tout ça ! fit Albert en sortant de sa poche un grand mouchoir à carreaux dans lequel il se moucha bruyamment. Assez d'émotions pour aujourd'hui. Tant pis pour le poulet ! Ce sera pizza, ce soir !

— Non, s'il te plaît, Albert ! J'y vais. Je vais faire le plus super des poulets. Repose-toi !

— Merci, Memouna. Tiens, mets mon CD, s'il te plaît.

La fillette poussa sur le bouton du lecteur et disparut dans la cuisine.

La voix chaude d'Amália emplit la pièce et Albert de bien-être…

« Silêncio,
Do silêncio faço um grito
E o corpo todo me dói. »

— C'est quoi cette musique de naze ? interrogea Memouna dans un bruit de casseroles.

— Ce n'est pas naze, c'est Amália ! protesta Albert. Amália Rodrigues ! C'est la plus belle musique du monde !

Albert ferma les yeux.

— Ça veut dire quoi ?

— Ça veut dire : « *Silence, Du silence je fais un cri, Et mon corps n'est que douleur.* » Et ça veut dire surtout que j'aimerais bien un peu de silence, moi aussi !

Albert ferma de nouveau les yeux.

Ah, si Alicia me voyait ! Mais elle me voit, j'en suis sûr ! Et à l'heure qu'il est, elle se demande certainement ce qui lui est arrivé, à son Albert.

Lui-même se le demandait aussi, d'ailleurs.

Et Hector, également : « Cette gamine le mène vraiment par le bout du nez ! »

« Deixai-me chorar um pouco
De sombra a sombra
Há um céu tão recolhido,
De sombra a sombra
Já lhe perdi o sentido
Ao céu[1] »,

chantait Amália, tandis qu'une délicieuse odeur s'échappait de la cuisine.

---

1. « *Laisse-moi pleurer un peu,*
D'ombre en ombre
Le ciel s'est tellement recueilli,
D'ombre en ombre
Que j'en ai perdu le sens,
Ô mon ciel. »

— Tout va bien, Memouna ?

— …

— Memouna ?

— …

— Memouna, pourquoi ne réponds-tu pas ?

— Parce que tu m'as dit de me taire !

Albert sourit.

Impayable, cette gamine !

— Je crois que tes amis arrivent ! Il y a une voiture qui s'est arrêtée devant la porte.

— De quelle couleur, la voiture ?

— Euh… caca d'oie.

— Ah ! ça doit être Fredo et Bianca. Je vais leur ouvrir.

— Bonsoir vous deux !

— Dis donc, ça sent rudement bon chez toi ! fit Bianca, encore sur le seuil de la porte.

— Oui, j'ai embauché une formidable cuisinière ! Entrez, entrez ! Je vous présente Memouna.

— Bonjour madame, bonjour monsieur ! fit celle-ci en surgissant de la cuisine.

— Bonsoir, mademoiselle ! répondit Bianca. Dis donc, Alberto, je ne l'imaginais pas aussi jeune, ta femme de ménage ! Tu fais travailler les enfants, maintenant ?

— Oui, mais ne me dénoncez pas à la police, s'il vous plaît !

— Tu le mériterais pourtant ! le railla-t-elle. On est au courant pour Zaïna. Manuel nous a tout raconté.

— Les nouvelles vont vite !

— Quelle adorable petite fille !

— Adorable, adorable ! Ne te fie pas aux apparences. Cette gamine m'épuise ! Elle n'est chez moi que depuis hier et elle a déjà complètement chamboulé ma vie.

— Eh bien, ça te réussit, crois-moi ! Tu as plutôt bonne mine, je trouve !

— Ah bon ? Ce n'est plus de mon âge, tout ça. À cause d'elle, j'ai même failli me battre cet après-midi avec...

— Il y a encore un ami qui arrive, Albert ! l'interrompit Memouna. Avec une voiture rouge ! Tu veux que j'ouvre ?

— Non, j'y vais. Salut, Manuel ! On n'attendait plus que toi. Je ne te présente pas Memouna, tu la connais déjà !

— Voici donc la princesse réveillée ! Bonsoir, mademoiselle ! fit-il en entrant dans la cuisine.

— Bonsoir, monsieur.

— Dis donc, ma cuisinière est en congé, je t'embauche si tu veux !

— Mais je ne suis pas cuisinière, moi...

— Je sais, c'est pour rire ! N'empêche que ça sent rudement bon. Il a bien de la chance, Alberto...

— C'est du yassa de poulet, tu connais ?

— Non, mais j'en ai l'eau à la bouche.

— Bon, je sers l'apéro et on commence ? s'impatienta Albert.

Ses amis le suivirent au salon.

— Hé, Albert, t'attends encore quelqu'un ? Il y a le taxi d'Ali qui s'est arrêté devant chez toi... Oh, oh, c'est mon père !

— Ton père ! bondit Albert en se précipitant à la fenêtre.

Effectivement, le papa de Memouna descendait du taxi.

— Il commence sérieusement à m'échauffer les oreilles ! Je crois qu'il va falloir lui faire passer l'envie de t'embêter une fois pour toutes. Que venez-vous faire ici ? aboya Albert en ouvrant la porte avant même que l'intrus n'ait eu le temps de sonner.

— Je viens chercher ma fille !

— Votre fille, hein ? C'est drôle que la

mémoire vous soit brutalement revenue dix ans après l'avoir abandonnée... Mais prouvez-le donc. Montrez-moi votre livret de famille !

— Memouna, dis-leur que t'es ma fille ! Tu ne vas pas rester chez ces toubabs, elle est folle ta mère ou quoi ?

Memouna, toujours entortillée dans son tablier, une spatule à la main, se cachait derrière Albert.

— Non, t'es pas mon père ! Je te connais pas !

— Tu vas m'obéir ! Je ne te laisserai pas chez un toubab ! Un toubab qui fait de toi son esclave, en plus ! Et vous vouliez appeler la police, hein ! continuait à vociférer son père. Vous savez ce que ça va vous coûter l'esclavagisme sur mineur ?

— Ne dites pas n'importe quoi ! fit Albert en haussant les épaules. Personne ne vous croira ! Tout le monde sait que sa mère me l'a confiée le temps de son hospitalisation.

— Elle ne vous l'a pas confiée pour que vous en fassiez votre bonniche !

Albert voulut répliquer, mais Memouna se lança alors dans une véhémente diatribe. Elle vociférait dans une langue inconnue, tandis que ses yeux lançaient des éclairs.

Albert n'y comprenait rien, mais ces paroles firent déguerpir le bonhomme comme il était venu !

— Mais qu'est-ce que tu lui as dit ? demanda-t-il à la fillette qui retournait à la cuisine tête haute.

— Oh, rien... Je lui ai fait un peu peur, c'est tout...

— Ben, ça alors ! siffla Albert admiratif. Et en quelle langue lui as-tu parlé ?

— En wolof... Apparemment, c'est la seule langue qu'il comprend !

Elle éclata de rire.

— Je crains fort qu'on n'en ait pas fini avec lui ! dit Albert en rejoignant ses amis au salon. Il est bien capable de l'enlever, la gamine. Il va falloir être vigilant !

— La mère est au courant ? demanda Bianca en portugais.

— Pas pour ce qui s'est passé aujourd'hui mais, apparemment, ce n'est pas la première fois qu'il fait des siennes. Elle tremble pour sa fille. C'est pour ça qu'elle n'a pas voulu la laisser à la cité pendant son hospitalisation.

— Ça y est, c'est prêt ! cria Memouna. On peut manger.

10

Le gogol

— C'est délicieux ! s'étaient exclamés en chœur Albert et ses amis aux premiers coups de fourchette.

Mais très vite, ils avaient viré au cramoisi !

— Ouah ! Ça arrache ! fit Manuel en vidant d'une seule traite son verre de vin.

— C'est relevé… arriva à murmurer Bianca.

Quant à Albert, il était écarlate.

— C'est bon, hein ? leur fit Memouna, tout sourire.

— C'est bon mais corsé ! parvint à articuler Albert.

— J' me suis un peu lâchée sur le piment ! admit la fillette. Prenez du riz, ça fait passer le piquant !

Il leur fallut beaucoup de riz, de pain, d'eau et de vin pour éteindre le feu dans leur gorge.

Puis ils avaient débarrassé la table et s'étaient mis à jouer, tandis que Memouna, épuisée, était montée dans sa chambre.

Elle n'avait pas encore eu le loisir d'observer la pièce. Le lit où elle dormait était surplombé d'une étagère remplie de livres et de photos. Il y en avait d'Alicia, qu'elle reconnut immédiatement, mais il y avait aussi quelques photos d'un petit garçon, posant soit seul, soit dans les bras d'Alicia, soit entre Albert et sa femme... Un petit garçon qui parut bien étrange à Memouna...

— Il faudra que je demande à Albert qui c'est, marmonna-t-elle en se déshabillant.

« Non, vaudrait mieux pas ! » pensa Hector.

La fillette s'allongea. Les événements de la journée défilèrent. Elle éclata de rire en songeant à ce qui avait fait fuir son père. Puis ses paupières ne tardèrent pas à s'alourdir et elle sombra dans un sommeil profond.

En bas, tout en jouant, ça discutait ferme.

— Tu vas la garder combien de temps ? demanda Manuel.

— Je ne sais pas. Le temps que la mère se rétablisse...

— Quelle plaie ! fit Bianca en lui jetant un regard amusé.

Albert rougit.

— Rien ne presse, en fait... Je m'y suis attach... habitué à cette petite.

— Qui aurait cru ça de toi ! remarqua Fredo en lui assenant une bourrade amicale.

— C'est Alicia qui aurait été contente... objecta Bianca, le regard voilé.

— Mais elle l'est ! fit Albert. Je suis sûr qu'elle l'est.

— Tu penses aller au Portugal cet été ? demanda Manuel.

— Je ne sais pas... Sans Alicia... c'est dur. Je n'y suis pas retourné, depuis... Il va bien falloir m'y résoudre, pourtant. La maison ne peut pas rester éternellement fermée.

— Elle l'aimait tant cette maison, ta femme ! soupira Bianca.

— Je sais... Moi aussi, je l'aime. Mais seul... j'hésite...

— On a passé une belle soirée, Alberto. Mais il est tard ! décréta Fredo en levant la séance. Tu remercieras la petite pour cet excellent repas...

Ils se serrèrent la main en riant.

— Rentrez bien, les amis ! leur fit Albert.

Tandis qu'Hector se frottait à ses jambes, Albert ferma les volets, rangea la cuisine, puis monta se coucher.

Au passage, il jeta un œil sur Memouna endormie. Il remonta la couverture, borda la fillette et éteignit la lumière.

« Sacré petit bout de bonne femme ! » se dit-il en souriant.

Alors qu'il était plutôt habitué aux longues nuits d'insomnie, Albert plongea lui aussi dans un sommeil profond.

C'est le bruit émanant de la cuisine qui le réveilla le lendemain matin, alors que neuf heures avaient déjà sonné.

Quand il descendit, la table du petit déjeuner était dressée.

— Salut, Alberto ! Tu dormais si bien que je ne voulais pas te réveiller. Mais j'ai fait trop de bruit, peut-être ? s'inquiéta la fillette.

— Non, pas du tout ! Je me réveille bien plus tôt, d'habitude. As-tu bien dormi ?

— Super ! On fait quoi, aujourd'hui ?

— Je ne sais pas ? Qu'as-tu envie de faire ?

— Il pleut !

— Oui, effectivement.

— C'est pas un temps à se balader dehors.

— Ça va peut-être s'éclaircir…

— Dis, Alberto… C'est qui le gogol, là-haut ?

Albert resta interloqué.

— Le gogol ? De qui tu parles ?

Memouna monta précipitamment dans la chambre et revint avec la photo qui l'avait intriguée.

— Lui, c'est qui ? demanda-t-elle en mettant la photo sous le nez d'Albert.

Le regard du vieil homme se voila brusquement.

— Lui, ce n'était pas un gogol, Memouna, mais un adorable petit garçon. Et très intelligent, avec ça. Il était juste différent, tu comprends ? Toi aussi, parfois, tu te sens différente, n'est-ce pas ?

— Oui, mais il a la tête d'un gogol pourtant !

— Il avait une maladie qui s'appelle la trisomie 21. C'était notre petit garçon à Alicia et moi. Il s'appelait Bruno.

— Il est où, maintenant ?

— Il est mort.

— Oh, pardon, Albert ! Je voulais pas te faire de peine.

Memouna se précipita sur ses genoux et le serra de toutes ses forces dans ses bras.

— Je te parlerai de Bruno, mais pas maintenant. Après le petit déjeuner, nous ferons un peu de ménage. Sans ta mère, la maison ne ressemble plus à rien ! Elle sera furieuse si elle la retrouve dans cet état-là !

— Oh oui, vaut mieux pas fâcher maman ! acquiesça Memouna.

— Il est grand temps qu'elle sorte de l'hôpital et que tout rentre dans l'ordre. Ce n'est pas pour moi, ce genre de chambardement ! Je suis trop habitué à ma petite vie tranquille...

Le visage de Memouna s'était brutalement assombri. Albert n'y prit pas garde. Mais alors qu'il continuait à pérorer tout en rangeant la cuisine, il s'aperçut que la fillette avait disparu.

— Memouna ? appela-t-il en allant jeter un coup d'œil dans le salon. Tiens, fit-il à l'intention d'Hector, où est-elle passée ?

« Elle est montée pleurer dans sa chambre, banane ! lui aurait rétorqué le chat s'il l'avait pu. Mais quel balourd, tu fais, quand même. Tu l'as vexée, la petite ! C'est malin ! »

— Memouna ? répéta Albert en montant.

La porte de la chambre était fermée mais en y collant son oreille, il put entendre l'enfant sangloter. Il frappa timidement puis entrouvrit la porte.

Allongée sur le lit, la tête enfouie dans l'oreiller, Memouna pleurait à chaudes larmes.

— Que se passe-t-il ? Pourquoi pleures-tu ? demanda-t-il en s'asseyant au bord du lit.

— Oh, je sais bien que t'en as marre de moi ! Que tu veux que je parte d'ici ! Mais où veux-tu que j'aille, moi ?

— Mais je n'ai jamais dit ça ! Où vas-tu chercher de telles... bananeries ?

Le mot ne la fit même pas sourire. Memouna poursuivit en pleurant :

— Si ! Tu as dit qu'il est temps que maman sorte et que tout rentre dans l'ordre...

— Mais bien sûr ! Tu ne veux pas que ta maman sorte, toi ?

— Si, mais je suis bien aussi ici avec toi.

Albert fut envahi par une étrange émotion. Il y avait bien longtemps qu'il ne s'était senti attendri de la sorte.

— Tu veux que je te dise la vérité, Memouna ?

Elle hocha la tête.

— Alors sèche tes larmes et mouche-toi, d'abord.

Il sortit de sa poche son mouchoir à carreaux et le lui tendit. La fillette s'exécuta.

— Alors ? fit-elle.

— Eh bien, moi aussi, je suis content que tu sois là ! lâcha-t-il dans un souffle.

« À la bonne heure ! se réjouit Hector. Voilà notre Albert des grands jours ! »

— C'est vrai ? demanda Memouna, encore méfiante. Tu le jures ?

— Oui, je te le jure. Mais cela n'empêche pas que j'aimerais bien que ta maman se rétablisse et sorte de l'hôpital. Ta place est chez toi avec ta maman, et la mienne...

— Et la tienne ici, tout seul, c'est ça ?

« Tout seul, tout seul ! protesta Hector. Et moi, alors, je compte pour du beurre ? »

— Je ne suis pas seul, Memouna. J'ai Hector...

« Ah ! quand même... »

— ... et mes amis.

— Il est mort comment, Bruno ? demanda Memouna à brûle-pourpoint.

— Un accident. Il s'est fait renverser par une voiture alors qu'il traversait sur un passage clouté. On ne le laissait jamais sortir seul mais, malgré son handicap, il était débrouillard. Alors, on l'autorisait à aller acheter du pain à la boulangerie. Voilà, c'est comme ça qu'on l'a perdu.

— Tu es triste ?

— On a eu un chagrin immense, Alicia et moi,

à l'époque. J'ai même cru que j'allais en mourir. Puis, au fil des ans, la douleur s'est atténuée.

— Et pourquoi vous n'avez pas eu d'autre enfant ? Elle n'avait plus de utérus, Alicia ?

— Si, mais quand on s'est aperçus que Bruno était handicapé, on a eu peur. À l'époque, il n'y avait pas toute cette médecine moderne qui permet de savoir à l'avance.

— C'est pas grave, moi je veux bien être ton bâton de vieillesse !

— Comment ça ?

— Ben oui, maman dit toujours que les enfants sont les bâtons de vieillesse de leurs parents. Alors, pas d'enfant, pas de bâton !

— Tu es gentille, Memouna. Mais je ne suis pas encore vieux, moi ! Je trouve même que j'ai sacrément rajeuni en quarante-huit heures ! Bon, descendons prendre notre petit déjeuner.

11

LES ENFANTS, ÇA S'ÉDUQUE !

Zaïna ne fut pas du tout surprise quand Albert et Memouna lui firent le récit des événements de la veille.

— Je savais qu'il était venu à la cité ! leur avoua-t-elle. Youma m'a appelée tout de suite après.

— Demandez donc à votre fille ce qu'elle a raconté à son père pour le mettre en fuite. Je n'ai rien compris !

— Alors, ma princesse ?

— Tu te souviens de ce que t'avait dit Alicia, maman ?

Zaïna eut un sourire et opina de la tête.

— Que vous avait donc dit ma femme ?

Ce fut Memouna qui répondit :

— Alicia avait dit un jour à maman : « S'il vous embête encore, dites-lui que s'il veut prendre la petite, il n'a qu'à la reconnaître, mais s'il la reconnaît, vous lui faites un procès pour non-paiement de pension alimentaire. » Et maman avait répondu : « Radin comme il est, ça le fera fuir à jamais ! » Je m'en suis souvenue hier soir !

— Viens ma fille que je t'embrasse ! Tu étais bien petite pourtant ! Ce que vous ne savez pas c'est qu'hier, ce gredin a eu le culot de débarquer à l'hôpital pour me faire un scandale parce que je vous avais confié la petite. Mais ils l'ont jeté dehors. Je ne pensais pas qu'il allait débarquer chez vous, et je le regrette. C'est Ali qui est derrière tout ça. Il ne perd rien pour attendre celui-là. Il n'a jamais pu supportcr quc jc mc dćbrouillc toutc seule, sans l'aide d'un homme. C'est lui qui a dû prévenir Babacar. Ah ! il va m'entendre ! Désolée de vous imposer tout ça, monsieur Albert, mais je vous en prie, je le crois capable de tout. Ne quittez pas la petite d'une semelle, s'il vous plaît.

— Ne vous inquiétez pas, et remettez-vous vite ! C'est tout ce qui compte. Mais pourquoi veut-il récupérer la petite ? Je ne comprends pas.

— Je pense qu'il veut s'en servir pour faire pression sur moi. Il est logé dans un truc minable à Paris avec sa femme et leurs trois gosses. Alors, il aimerait bien pouvoir s'installer chez moi…

— Il veut vous mettre à la porte de chez vous ?

— Non, même pas ! Il veut habiter chez moi, comme ça se fait souvent chez les Africains… Et comme il me sait à l'hôpital, il a pensé que c'était le meilleur moment. Il ne lâchera pas l'affaire tant que je serai ici. C'est pour ça que je me fais du souci !

— Je vois… Ne vous inquiétez pas, je veillerai sur elle, le temps qu'elle sera chez moi. Mais au fait, Zaïna, vous sortez quand ?

Zaïna afficha soudain un réel embarras.

— Je ne sortirai pas aujourd'hui, ni même demain…

— Allons bon ! fit Albert, goguenard. Quand alors ?

— Mardi, en principe. Vous pourrez patienter jusqu'à mardi ?

— Faudra que je l'accompagne à l'école, alors ?

— Ben non, c'est les vacances ! intervint Memouna.

— Mince ! soupira Zaïna. J'avais oublié les vacances…

Albert hocha de la tête.

— Bon, d'accord jusqu'à mardi ! Mais pas un jour de plus ! ronchonna-t-il, faut pas exagérer non plus…

— Encore merci, vraiment, monsieur Albert. Vous êtes un homme en or ! Il était comment le poulet, hier ?

— Trop top ! fit Memouna.

Zaïna se mit à rire de bon cœur.

Jamais elle n'aurait cru que ça marcherait entre ces deux-là !

— Tu savais que monsieur Albert, c'est pas un vrai Français, maman ? demanda Memouna, sautant du coq à l'âne.

— Comment ça, *pas un vrai Français* ? protesta Albert. Nous, les immigrés, on est bien plus français que les Français de souche, figure-toi ! Car nous, la France on l'a choisie ! Et puis, quand bien même je ne serais pas français, qu'est-ce que ça change, hein ? C'est quoi cette mentalité de dire celui-là, je ne l'aime pas parce qu'il est comme ci ou comme ça, ou parce qu'il est blanc, ou bridé, ou basané !

— Ne vous énervez pas ! monsieur Albert. Elle est petite, et toutes ces histoires de nationalité, de papiers, d'immigration sont un peu confuses dans sa tête. Il faut dire que c'est le principal sujet de conversation à la cité. Alors, les enfants entendent forcément. Et entre eux, ils ne se font pas de cadeaux non plus, faut pas croire ! Il y a des clans : les blacks d'un côté, les beurs de l'autre, les blancs à part...

— Mais il ne suffit pas de les laisser entendre, Zaïna ! Les enfants ont besoin qu'on leur explique les choses ! Sinon, ils grandissent sans savoir, sans culture et c'est comme ça qu'ils finissent par brûler les voitures ! Les enfants, ça s'éduque. Et c'est le rôle des parents, ça !

— C'est facile à dire ! Les parents de la cité n'ont pas toujours le temps, ou la tête, ou la langue, ou la manière d'élever leurs enfants qui en savent plus qu'eux, la plupart du temps. Ici, ce sont les enfants qui aident leurs parents, bien souvent. Ou des gens bénévoles, comme Alicia. Mais ceux-là sont rares, malheureusement.

— Je sais... Je reconnais que moi-même... Mais il n'est jamais trop tard pour bien faire. Je vais vous les éduquer, moi ! Regardez votre petite ! Il y a deux jours à peine, elle m'appelait *banane* ! C'est fini, maintenant. Ce que j'apprécie beaucoup !

— Oui, maintenant, je l'appelle Alberto !

— Monsieur Alberto, s'il te plaît ! répliqua Albert.

— Oui, monsieur Alberto !

— Mon Dieu ! tu lui disais *banane*, à monsieur Albert ?

— C'est toi qui m'as dit de dire comme ça !

— Oui, mais à tes copains ! Pas à un adulte !

— Pardon, maman ! Et tu savais qu'Alberto avait eu un fils ?

— Oui, Alicia m'en parlait souvent.

— C'est vrai ? s'étonna Albert. Elle n'en parlait pourtant jamais avec moi.

— Oui, elle ne voulait pas vous attrister davantage. Mais elle avait besoin de partager sa peine avec quelqu'un, vous comprenez ?

— Oui, bien sûr. Mais j'ai l'impression que ma femme se confiait plus volontiers à vous qu'à moi.

— C'est normal ! C'est parfois plus facile de se confier à un étranger.

Albert se moucha bruyamment pour masquer son trouble.

— Bon, quel est votre programme aujourd'hui ?

— Il ne faut jamais remettre à plus tard ce qu'on peut faire le jour même. J'ai une idée en ce qui concerne la bande de gamins de la cité… Je vais prendre en charge une partie de leur éducation, moi !

— Et comment allez-vous vous y prendre ?

— Par la culture. C'est par la culture que tout commence. Et c'est ce qui leur manque, justement. Je vais les emmener au musée !

— Au musée ? Quelle belle idée ! Hein, Memouna ?

Celle-ci fit la moue.

— Je préférerais aller à la fête foraine, moi !

— Eh bien, je suis ravie que monsieur Albert t'emmène au musée, moi. La fête foraine attendra… Et quel musée, monsieur Albert ?

— Le musée de l'Immigration.

— Le musée de l'Immigration ? Ça existe, ça ?

— Oui, depuis peu… Nous allons commencer par là. Ensuite nous verrons… Tu viens, Memouna ? On va chercher tes copains.

Memouna fit de nouveau la grimace.

— Je suis pas sûre que mes copains ont envie d'aller dans un musée…

— Eh bien, je vais les faire changer d'avis, moi ! Tes copains et toi avez beaucoup à apprendre sur vous-mêmes et sur les autres. Allez, dis au revoir à ta maman et on y va !

12

Traiter l'autre

— Mais qu'est-ce qui te prend de m'emmener au musée ? demanda Memouna à Albert alors qu'ils sortaient de l'hôpital. Tu m'as même pas demandé mon avis !

— Exact. Mais j'estime cette visite importante, jeune fille. Tu sais ce que c'est le racisme, Memouna ?

— Oui, c'est quand on traite l'autre !

— On traite l'autre ? On traite l'autre de quoi ?

— On le traite, c'est tout !

— Mais ça ne veut rien dire, ça, traiter l'autre ! On traite toujours quelqu'un de quelque chose.

— Ah, oui ! Je me souviens ! Le racisme c'est quand on traite l'autre de « ta race ».

— Ta race ? Et c'est tout ?

— Ben oui. Ah non ! Il y en a qui disent aussi : « p... de ta race ! »

— Oh ! c'est très vilain, ça !

— Oui, très ! Même que maman, elle m'interdit de le dire ça, « p... de ta race ».

— Tu le dis avec un certain plaisir, pourtant.

— Oui, parce que je n'ai pas le droit devant maman.

— Je vois. Et il t'arrive de traiter tes copains de p... de ta race ?

— Ben oui !

— Qui par exemple ?

— Euh... eh ben, nous les blacks, on traite les rebeus !

— Mais Sofiane, il est arabe, non ?

— Non, il est musulman comme moi !

— Musulman ! Est-ce que moi, lorsque je me présente, je dis que je suis catholique ? Non ! Je le suis pourtant. Je suis français, d'origine portugaise et de religion catholique. Tout comme toi, Memouna, tu es française, d'origine sénégalaise et de religion musulmane. La religion n'est ni une race ni une nationalité ! Et Mamadou, il est musulman, aussi ?

— Non, lui ses parents, ils vont à l'église !

— Alors, tu vois ? Sofiane a la même religion

que toi mais il est blanc et Mamadou, qui est noir comme toi, a une autre religion ! Ce qui ne vous empêche pas d'être copains, non ?

— Si, on est copains ! Mais on se traite quand même !

— Moi, je voudrais vous montrer que si la France est ce qu'elle est, c'est aussi grâce à tous ces gens venus d'ailleurs. Ils ont fui la misère de leur pays d'origine pour trouver une vie meilleure, certes, mais aussi pour contribuer à la richesse de ce pays grâce à leur diversité. C'est mon cas, celui de tes parents et celui de millions de gens... Quand vous aurez compris ça, on aura franchi un très grand pas.

— Mais tu vas m'afficher devant tout le monde !

— Comment ça, t'afficher ? Quel mal y a-t-il à vous montrer comme c'est idiot de juger les gens d'après leur couleur, leur religion ou leur handicap... Oui, leur handicap aussi. Quand tu as traité Bruno de gogol, c'était du racisme, figure-toi !

— Pour Bruno, je t'ai demandé pardon ! Mais toi, Albert, t'es pas un gros raciste, peut-être ?

— Pas du tout ! J'ai toujours traité ta mère avec respect, et toi aussi d'ailleurs.

— Ah oui ? Alors pourquoi maman disait que tu voulais pas mettre les pieds à la cité parce que tu croyais qu'on est tous des sauvages ?

— Euh… c'est vrai, je l'avoue. Mais c'était tout simplement parce que j'avais peur. Je reconnais mon erreur, d'accord ? Nous sommes donc quittes. Bon, on y va ! À nous deux, la cité !

À la stupéfaction de Memouna, ce fut Albert qui, sur l'esplanade de la cité, inséra deux doigts dans sa bouche et émit le fameux sifflement de ralliement. Il devait siffler bien plus fort qu'elle, car une bonne vingtaine de gamins accoururent, Sofiane et Mamadou en tête.

— Salut, les enfants !

— Salut, le toubab héros ! fit Sofiane.

— J'ai une proposition à vous faire…

— C'est quoi ? s'enquit Sofiane en fronçant les sourcils.

— Voilà, je suppose que vous vous souvenez tous d'Alicia ?

Les aînés opinèrent de la tête en chœur. Les plus petits les imitèrent pour ne pas être en reste.

— Alicia faisait du bon boulot ici et je sais qu'elle manque beaucoup à plein de gens dans la cité. Alors, je me suis dit que je pourrais prendre sa place…

— Tu vas venir enseigner le français ? demanda Mamadou.

— Non, moi, ce n'est pas le français que je voudrais vous enseigner, mais la France !

Les enfants écarquillèrent les yeux !

— Il est ouf ton toubab ! railla Mamadou.

— Oh ! tu dis pas ça de monsieur Alberto ! hurla Memouna en assenant une bourrade à son camarade. Et puis, c'est pas un vrai toubab. Monsieur Alberto c'est un immigré comme nous.

Les enfants se regardèrent, médusés.

— Un immigré, lui ? fit Sofiane dubitatif.

— Mais il est blanc ! ajouta Mamadou.

— Oui, et alors ? Il n'y a pas que des immigrés de couleur ! Vous pensez être les seuls ou quoi ? Je suis né au Portugal. Mais moi, je me sens complètement français, tout en étant fidèle à mes racines portugaises. Et j'aimerais qu'il en soit de même pour vous.

— Mais nous on ne peut pas se sentir français car on n'aime pas les pâté-rillettes !

— Que vient faire le pâté-rillettes là-dedans ?

— C'est aussi comme ça qu'on appelle les blancs, expliqua Memouna.

— Ah ! Et que leur reprochez-vous, aux blancs ?

— Ben, de nous avoir conolisés !

— *Colonisés* ! D'accord, mais ça remonte à loin tout ça ! Il est peut-être temps de tourner la page, sinon on ne s'en sortira pas ! Bon, vous faites quoi, cet après-midi ?

Les enfants se regardèrent, puis haussèrent les épaules.

— Rien ? Alors, allez prévenir vos parents que le toubab vous emmène au musée !

Même si le fait qu'Albert fût le mari d'Alicia était une sérieuse garantie, toutes les mères descendirent pour comprendre de quoi il retournait.

— C'est quoi cette histoire de musée ? demanda Youma, la mère de Mamadou.

— Oui, c'est quoi ? répéta celle de Sofiane.

— Et pourquoi vous voulez les amener au musée ? s'étonna encore une autre maman.

— Parce que je trouve que vos enfants manquent un peu de repères et de culture générale, mesdames ! Voilà !

— Vous les emmenez tous ?

— Ceux qui le voudront.

Il y avait là une bonne vingtaine de gamins et gamines, mais plusieurs tournèrent les talons.

— Tous ceux qui en ont envie. Qui en a envie ?

Ceux qui restaient levèrent le doigt.

— C'est quoi comme musée ?

— Le musée de l'Immigration. Ça ne leur fera pas de mal de découvrir cette histoire-là ! D'autres questions ? Très bien. Je vous donne dix minutes pour aller vous préparer. Tenue correcte exigée, compris ? Et prenez de quoi écrire !

— Eh ! tu vas pas nous faire la classe, quand même ? s'alarma Memouna, tandis que les gamins s'éparpillaient telle une nuée de moineaux, bientôt suivis de leurs mères.

— Sache, ma petite, qu'il y a des choses qu'on n'apprend pas à l'école ! Tout comme il n'y a pas qu'à l'école qu'on apprend des choses ! Attends une minute, je vois une cabine, là-bas, il faut que je passe un coup de fil.

— T'as oublié ton portable ?

— Oui, j'ai oublié de l'acheter, tu vois ! Un portable ! Mais pour appeler qui ? Malheureusement, là où se trouve Alicia, les portables ne passent pas.

— J'espère juste qu'elle marche la cabine.

— Moi, je préférerais que ce soit le téléphone qui marche.

Et il marchait.

— Ils sont combien, en tout ? interrogea Manuel, mis au courant de la démarche d'Albert.

— Il y a onze gosses. Ça fait douze avec moi.

— Moi, je peux en prendre quatre. Fredo et Bianca, également. On peut aussi demander à Alex, mon fils, de se joindre à nous. Il a une grosse voiture, lui. Et une visite au musée de l'Immigration ne lui ferait pas de mal. On vous prend où ?

— À l'arrêt de bus de la cité.

— OK. Je préviens les autres ! On s'y retrouve dans une vingtaine de minutes…

13

CHARIVARI

Tout le monde s'était fait beau, effectivement. Les mamans dirent au revoir à leurs enfants comme si elles les voyaient pour la dernière fois. De l'eau fut jetée sur l'arrière des voitures pour écarter le mauvais œil et les youyous déchirèrent l'air.

— Sacré Albert ! s'esclaffa Bianca. Mais quelle bonne idée quand même !

— Dis donc, j'ai l'impression qu'on est suivis par un taxi ! observa Fredo au bout d'un moment.

Albert se retourna et reconnut immédiatement Ali et, à ses côtés, le père de Memouna.

— Ce n'est pas vrai ! Il ne va pas nous ficher la paix, celui-là ? Il a vraiment de la suite dans les idées, ton père ! Il t'ignore pendant dix ans et soudain, il ne te lâche plus d'une semelle. Mais qu'est-ce qu'il lui faut pour comprendre ? Arrête-toi, Fredo, s'il te plaît ! Je vais lui dire deux mots !

Fredo mit son clignotant et s'arrêta sur le bas-côté de la route, imité aussitôt par Ali.

Albert descendit de la voiture et se dirigea vers le taxi dont il ouvrit la porte côté passager. Il agrippa l'homme par le col et le força à sortir.

— Qu'est-ce que vous voulez à la fin ? Que je prévienne la police ? J'aurais pu le faire depuis longtemps, vous savez ?

— Je veux récupérer ma fille ! Je l'aime et elle me manque !

— Menteur ! Ce n'est pas votre fille que vous voulez ! Jamais vous ne vous y êtes intéressé. Ce que vous aimez, c'est l'appartement où elle vit. Et vous aimez tellement votre fille que vous voulez vous débarrassez d'elle en la renvoyant au Sénégal. Mais vous êtes un monstre, ma parole ! Vous savez parfaitement que Zaïna tient à sa fille comme à la prunelle de ses yeux, qu'elle a trimé toute sa vie, jour et nuit, pour l'élever... De quel droit arrivez-vous dix ans plus tard faire du charivari dans leur vie ?

Entre-temps, les autres voitures s'étaient arrêtées et tout le monde en était descendu.

— Je dois emmener Memouna au pays pour faire respecter la tradition. En plus, je l'ai promise dès sa naissance. Elle y est attendue.

— Trop facile ! Comme ça, vous faites d'une pierre deux coups ! Vous tenez votre promesse indue et vous installez votre marmaille à sa place. Vous n'avez aucun droit ni sur Memouna ni sur l'appartement ! Mais je pense que vous avez un peu de mal à comprendre ce qu'on vous dit.

Albert s'adressa à Bianca en aparté.

— Appelle la police ! Demande-lui de venir. Mais avant, faut que je vérifie quelque chose auprès de Zaïna.

— Tu as son numéro ?

— Oui, je l'ai noté dans mon carnet. Tiens, regarde, c'est là.

Bianca composa le numéro et tendit son portable à Albert.

— Zaïna, c'est Albert. Dites-moi, j'ai une question à vous poser. Est-ce que votre mari a reconnu Memouna comme étant sa fille, à la naissance ?

— Non.

— Vous êtes sûre ?

— Oui, j'ai déclaré que Memouna était née de père inconnu. Mais pourquoi ?

— Parce que nous avons encore maille à partir avec lui. Il veut enlever la petite pour l'emmener au pays où elle serait promise !

— Nooooon ! hurla Zaïna dans le combiné. Empêchez ça, Albert, je vous en prie ! Empêchez Babacar d'approcher de mon bébé !

— Calmez-vous, Zaïna ! J'ai appelé la police. Je règle ça et je vous rappelle. Ne vous faites pas de mauvais sang, je suis là avec mes amis, il n'arrivera rien à votre fille. Bon, appelle ! fit-il à Bianca en lui tendant le téléphone.

— Je peux partir moi ? demanda Ali, qui tremblait comme une feuille.

— Non, tu restes là ! hurla Mamadou à l'adresse de son père. T'as pas honte ?

— Je savais pas qu'il voulait faire ça. Il m'a juste dit que sa fille lui manquait, que Zaïna l'empêchait de la voir...

— Menteur ! hurla Memouna.

— S'il vous plaît, monsieur Albert, n'appelez pas la police ! Je vous promets de ne plus l'embêter, cette fois ! supplia Babacar.

— Trop tard ! Je vous ai donné plusieurs chances et je n'ai pas confiance en vous. Vous vous expliquerez avec la police. Vous avez des papiers en règle, j'espère ?

— Oui !

— Alors, vous ne craignez rien. À moins que vous ayez de sérieuses raisons de vous inquiéter ?

— J'ai rien fait ! Je vous jure !

— Vous direz ça à la police.

— Que se passe-t-il, messieurs ? demanda le gendarme qui arrivait.

— Bonjour, monsieur ! Cet homme nous suit depuis plusieurs jours avec l'intention d'enlever cette gamine.

— Qui est cette enfant ?

— C'est ma fille ! J'ai le droit, elle m'appartient.

C'est votre fille ? Vous pouvez le prouver ? Montrez-moi vos papiers et votre livret de famille, s'il vous plaît.

Babacar sortit sa carte de séjour et le livret.

— Regardez, là, c'est bien marqué qu'il y a ma fille, non ?

— Il y a effectivement une petite fille…

Albert frissonna. Et si Zaïna se trompait ? Tout le monde retenait son souffle.

— Oui, confirma le policier, il y a bien une petite fille, mais qui est née en 2003. Ce qui veut dire qu'elle a à peine cinq ans !

Albert manqua défaillir de soulagement.

— Cette enfant, ici présente, a bien plus de cinq ans, non ? Bon, vous allez me suivre au poste, tous. Nous allons éclaircir cette histoire.

— Et notre visite au musée ? s'insurgea Sofiane.

— Nous irons plus tard, les enfants ! Nous avons d'autres chats à fouetter pour l'instant.

Quand la gendarmerie vit débarquer les onze gosses et les sept adultes, ce fut le branle-bas de combat. D'autant qu'ils parlaient tous ensemble et qu'on ne distinguait plus les coupables des victimes.

— Bon, je résume ! cria le gendarme pour rétablir le calme. Si j'ai bien compris, il s'agit d'une tentative d'enlèvement de mineur avec préméditation. C'est donc ce monsieur, avec la complicité de ce monsieur, qui...

— Non, moi je ne suis pas complice, je suis le chauffeur du taxi ! Je ne savais pas qu'il voulait enlever la petite.

Mamadou foudroya son père du regard.

— C'est le juge qui établira les divers degrés de responsabilité ! répliqua le gendarme. Je poursuis et ne m'interrompez plus s'il vous plaît ! Je disais donc que ce monsieur a essayé d'enlever cette demoiselle-là dont la maman est à l'hôpital à l'heure qu'il est. Bon, appelez-moi la maman, j'aurai besoin de son témoignage également ! Mais qu'est-ce que cette enfant faisait avec vous, messieurs dames ?

— On allait au musée avec mon parrain, monsieur Alberto ! expliqua Memouna.

— C'est bien d'aller au musée à votre âge... Ah ! oui, passez-moi la maman au téléphone. Oui, bonjour madame, ici la gendarmerie. Non... Calmez-vous, il n'est rien arrivé à votre fille... Je vous explique... Oui, elle est là, avec son... parrain... Tout va bien. J'ai juste quelques questions à vous poser concernant son papa... Comment ça, elle n'a pas de papa ? Votre fille est née de père inconnu ?

— Comment ça inconnu ? Et moi, je suis un inconnu peut-être ! s'insurgea Babacar.

— Vous, taisez-vous ! N'aggravez pas votre cas ! Très bien, madame. J'envoie un collègue à l'hôpital pour vérifier votre livret de famille. Mes salutations, madame. Bon, je crois que l'affaire est claire ! fit-il en raccrochant.

Il s'adressa à Babacar :

— Vous, monsieur, nous vous gardons pour l'instant.

— Mais je n'ai rien fait !

— Allons, il y a là une quinzaine de témoins qui prétendent le contraire. La maman de l'enfant m'a expliqué que vous aviez déjà tenté de vous installer dans son appartement en profitant lâchement du fait qu'elle est à l'hôpital. Elle pourra donc porter plainte contre vous pour violation de domicile.

— Mais je suis son mari !

— Vous êtes bigame, alors, parce que sur votre livret de famille, il y a un autre nom d'épouse. Quant à vous, le chauffeur de taxi, je vous relâche pour l'instant mais il faudra vous tenir à la disposition de la justice. Maintenant, dehors !

Babacar se leva le premier.

— Sauf vous, monsieur !

— Je crois qu'on a tous eu notre dose d'émotions pour la journée ! lança Albert dès qu'ils furent sortis de la gendarmerie. Je propose donc que nous reportions cette visite au musée à un autre jour.

— Je savais bien que les toubabs tenaient jamais leurs promesses ! fit Mamadou, dédaigneux.

— Toi, tu rentres avec moi à la maison ! cria Ali à son fils.

— Pas question ! Maman m'a dit que je pouvais aller au musée avec monsieur Albert. Et t'as intérêt à être gentil avec moi, toi ! Sinon, je lui raconte tout à maman !

— Bon, vous êtes sûrs que vous voulez aller au musée ?

— Oui ! répondirent les enfants d'une seule voix.

— En route, alors !

14

Au musée

Avant de franchir les grilles du musée, Albert fit quelques recommandations.

— Nous entrons ici dans un musée, pas dans une cour de récréation. Donc, pas question de crier ni de courir !

— Eh ! vous nous prenez pour des sauvages, ou quoi ? s'indigna Sofiane.

— Non, je n'ai pas dit ça, mais certains d'entre vous n'ont sans doute jamais mis les pieds dans un musée. Je vous en indique donc le fonctionnement… Maintenant, nous allons entrer. Mais avant, regardez les panneaux installés à l'entrée. Ce serait bien que chacun de vous note la phrase qui l'aura le plus touché… Tenez, celle-ci par exemple : « *C'est quoi être un vrai Français ? Un type d'alimentation ? Une couleur de peau ? Une façon de s'habiller ? Les Français ont un peu oublié ce qui fait la France. La diversité culturelle serait, aux dires de nos politiques, un enrichissement ; mais une richesse latente, si on n'en fait rien, à quoi ça sert ?* »

— J'ai rien capté, moi, m'sieur ! soupira Mamadou. Ça veut dire quoi, ce truc ?

— Si tu veux, on en reparlera après la visite, Mamadou. C'est la phrase que j'ai choisie, mais tu peux en noter une autre qui t'aura vraiment ému.

Équipés de leurs écouteurs, les enfants s'essaimèrent à travers le musée qu'Albert et ses amis visitèrent, eux aussi, avec beaucoup d'émotion. C'était leur Histoire, mise en scène, en mots, en images, en objets, en sons et en musiques, qu'ils retrouvaient ici, le cœur serré. C'était aussi l'histoire de chacun des enfants de la cité, et celle de leurs parents. Au début, intimidés, les enfants étaient restés groupés. Mais très vite, ils s'étaient éloignés les uns des autres, pour se retrouver seuls, face au passé de leurs parents qu'ils découvraient. Aucun des témoignages, des accents, aucune des voix ne leur était étranger.

Memouna ne tarda pas à rejoindre Albert et glissa sa main dans la sienne.

— Viens avec moi, lui chuchota-t-elle à l'oreille.

Elle l'entraîna vers le panneau relatant l'immigration portugaise.

— Regarde, ce monsieur, il était au bidonville de Champigny comme toi ! Pourquoi y a pas ton histoire à toi et ta photo ?

— Parce qu'ils ne peuvent pas raconter la vie de chacun des immigrés de France ! Mais l'histoire de ce monsieur ressemble à la mienne et donc à celle de bien d'autres immigrés du Portugal. Ils ont choisi des témoignages représentatifs pour chacune des vagues d'immigration. Tu comprends ?

— Oui, je comprends. Finalement, j'aime bien les musées. Je pensais pas que c'était comme ça.

Albert sourit.

— Celui-ci te touche peut-être particulièrement. Mais je me fais fort de te faire apprécier tous les autres musées, également. Cette visite n'est que la première d'une longue série.

— Alors, Memouna, demanda Bianca en s'approchant, quelle est la phrase que tu as notée sur ton carnet ?

— Je n'ai rien noté sur mon carnet. Tout est écrit là, lui répondit-elle en pointant son doigt sur son cœur. Mais ma phrase préférée c'est :

« Le voyageur pour être sans bagages n'est pas pour autant la tête vide. »

— C'est très beau, admit Bianca.

— Moi, j'en ai noté plein aussi ! s'enthousiasma Sofiane qui avait rejoint leur groupe. Celle que je préfère c'est : *« Où on trouve sa vie, on reste ! »*

Les garçons s'agglutinèrent ensuite devant les panneaux dédiés à l'histoire des sportifs. Ils étaient là, leurs véritables héros, leurs modèles de réussite suprême.

— Jean Tigana, Basile Boli, Yannick Noah, Zinedine Zidane ! Trop forts, les mecs ! s'extasiait Mamadou.

— Mais il n'y a pas que les sportifs ! leur fit remarquer Albert. Il y a aussi les artistes comme Picasso, Chagall, Soutine. Les scientifiques comme Marie Curie…

— Marie Curie, c'est pas un nom d'immigré, ça ! s'exclama un des enfants.

— Parce qu'elle s'est mariée avec un Français ! Mais elle était polonaise et s'appelait Maria Sklodowska. C'est ça, la richesse de la France, les enfants. C'est sa diversité culturelle ! Et vous en faites partie, comprenez-vous ? Regardez cette phrase, là : *« Un héritage commun qui doit servir à comprendre et construire, et non pas à ignorer et punir.* » Voilà qui résume tout. Il va être l'heure de rentrer, les enfants. Rassemblez-vous !

Sur le chemin du retour, les bavardages allèrent bon train. Albert et les autres adultes avaient du mal à répondre à toutes leurs questions.

Arrivés à la cité, les enfants l'embrassèrent et lui demandèrent dans quel musée ils les emmèneraient la prochaine fois. Albert en eut les larmes aux yeux.

Manuel déposa Albert et Memouna à l'hôpital.

Zaïna ouvrit grand les bras à sa fille qui s'y réfugia.

— Oh ! maman, quelle histoire il nous a faite, mon père, ce matin !

— Je sais, ma princesse. Je suis vraiment désolée. Heureusement que monsieur Albert était là pour te protéger. J'espère que ça lui servira de leçon et qu'il nous laissera définitivement tranquilles. Mais il est grand temps que je sorte d'ici. Le médecin m'a annoncé que je pourrai probablement sortir mardi. Cependant, il faudra que je me repose encore un peu à la maison. Je ne pourrai pas reprendre tout de suite mon travail chez vous, monsieur Albert.

— Ne vous inquiétez pas, Zaïna. Prenez le temps de vous rétablir.

— Alors Memouna, la visite au musée, c'était comment ?

— Trop top, maman ! Albert nous a promis qu'ils nous emmèneraient souvent au musée. On a trop kiffé.

— Je sais. J'ai déjà eu des échos. Youma m'a appelée. Jamais elle n'avait vu Mamadou dans cet état-là. Tout le monde ne parle plus que de vous à la cité, monsieur Albert.

— Je n'ai pourtant pas fait grand-chose, je vous assure.

— Mais comment avez-vous pu tellement changer en si peu de temps, monsieur Albert, dites-moi ?

— C'est grâce à Memouna, tout ça. C'est elle qui m'a fait comprendre ce que je perdais à me conduire en ours mal léché.

— L'heure des visites est terminée ! annonça une infirmière.

Zaïna tendit ses deux mains à Albert qui les serra un long moment dans les siennes.

— Merci, merci pour tout ! lui souffla-t-elle tandis que des larmes perlaient à ses yeux.

— Je vais préparer quelque chose à manger ! proposa Albert une fois rentré à la maison. J'ai une de ces faims. Les émotions, ça creuse !

— Pas moi ! fit Memouna. Je suis trop fatiguée...

Elle bâilla à s'en décrocher la mâchoire.

— Et si je te proposais un énorme hamburger dégoulinant de ketchup ?

— Mmm ! Je crois que je n'ai plus sommeil, finalement !

— Bien, ce soir, c'est moi qui fais la cuisine !

— Trop cool ! Albert ?

— Oui, Memouna ?

— Tu sais, je suis contente que tu sois pas mort !

— Moi aussi, figure-toi ! Mais pourquoi serais-je mort ?

— Tu as dit que, pour Bruno, tu as cru en mourir de chagrin...

— Oui, effectivement...

— Parce que si t'étais mort, je t'aurais pas connu.

— Et moi non plus, je ne t'aurais pas connue.

Albert jubilait.

— Dommage que c'est fini.

— Quoi, c'est fini ?

— Eh ben, c'est fini. Mardi, maman sort de l'hôpital, on se verra plus !

— Comment ça, on ne se verra plus ? Mais il n'en est pas question ! D'abord, ta maman, quand elle rentrera, elle sera très fatiguée. Alors, je vais lui proposer de s'installer ici jusqu'à ce qu'elle soit complètement remise.

— Oh, Albert, t'es trop cool ! s'écria Memouna en lui sautant au cou et en lui plaquant sur chaque joue un gros bisou dégoulinant de ketchup. Mais elle dormira où, maman ?

— Dans l'autre chambre. C'était l'atelier d'Alicia. Elle aimait bien y coudre, bricoler, tandis que je lisais à ses côtés. Mais quand elle est morte, je n'y ai plus remis les pieds. Ta mère m'a dit un jour que c'était la pièce qu'elle préférait dans la maison. Je pense qu'elle s'y sentira à l'aise. Et puis, vous faites quoi, d'habitude, à Noël ?

— Rien de spécial. Maman fait un bon repas, c'est tout. Pourquoi tu demandes ça ?

Albert sourit malicieusement.

— Parce que j'ai bien envie de vous emmener en voyage, ta mère et toi...

— En voyage ? Où ?

— C'est une surprise ! Ne dis rien à ta maman, pour le moment.

ÉPILOGUE

— C'est drôle la vie... dit Zaïna d'une voix douce, confortablement installée sur une chaise longue, tout en caressant Hector qui ronronnait allègrement.

À ses côtés, sur la petite terrasse carrelée de faïence bleue, Albert fermait les yeux.

— Que le temps est doux, cette année ! répondit-il, exposant son visage aux rayons du soleil. Avez-vous déjà vu ciel plus limpide en cette période de l'année ?

— Euh, oui ! s'esclaffa Zaïna ! Chez moi, au Sénégal. Mais, j'ai rarement vu une aussi jolie maison, par contre !

— Alicia l'aimait tant. Je l'ai construite pour elle. Nous y venions pour les vacances. Elle aimait par-dessus tout la senteur des amandiers qui fleurissent ici par milliers dès janvier, février. D'ailleurs, connais-tu la belle histoire des amandiers du Portugal, Memouna ?

Allongée elle aussi sur une chaise longue, Memouna lisait.

— Non, raconte ! fit-elle à Albert en posant son livre.

— La légende raconte qu'un jour, dans le sud du Portugal, un roi tomba amoureux d'une jeune fille du nord de l'Europe et lui proposa de venir vivre en Algarve où les hivers sont plus doux. Les années passèrent et le bonheur semblait demeurer… Pourtant, sur le visage de la princesse on pouvait parfois deviner un air de tristesse. Le roi s'en aperçut et tenta de comprendre ce qui la chagrinait. En fait, la jeune femme, qui venait d'un pays nordique, se languissait de la blancheur des tapis neigeux. Pour que leur bonheur soit parfait, le roi décida alors de faire planter des milliers d'amandiers dans tout l'Algarve. Ainsi, sa belle pourrait admirer la magnifique et gigantesque étendue blanche, semblable à la neige de son pays natal, lorsque les amandiers seraient en fleur. Dès le mois de janvier, des milliers de fleurs blanches recouvrirent le sol d'un fabuleux tapis blanc, ce qui rendit le sourire à la princesse. C'est pour cette raison que l'Algarve est aujourd'hui le royaume des amandiers.

— C'est trop beau ton histoire, Albert ! Mais maman, pourquoi t'as dit que c'est drôle, la vie ?

— Je disais ça parce que je réfléchissais au bonheur d'être là, en vacances, dans cet endroit merveilleux. Et tout ça, grâce à Albert. Nos premières vacances, Memouna ! S'il ne m'était pas arrivé ce pépin de santé, nous ne serions pas là, toutes les deux. Et nous serions passés les uns à côté des autres sans jamais nous croiser !

— Oui, mais c'est surtout grâce à moi ! répondit Memouna. Je l'ai fait complètement craquer, moi, Albert !

Zaïna éclata de rire. Albert garda les yeux fermés pour retenir la larme qui y perlait.

— Une chose est sûre ! finit-il par dire. J'aurais vraiment raté quelque chose !

« Et moi donc ! » miaula le chat.

TABLE DES CHAPITRES

Yaël Hassan a reçu de nombreux prix prestigieux depuis le célèbre *Un grand-père tombé du ciel*. Nombre de ses romans publiés chez Casterman abordent, toujours avec finesse, les rapports entre différentes générations et l'importance du passé dans l'histoire d'une famille. Si l'écriture lui est indispensable, c'est qu'elle aime partager à travers ses livres ses questionnements, ses indignations et ses émotions.

DU MÊME AUTEUR
Aux éditions Casterman

collection Romans

UN GRAND-PÈRE TOMBÉ DU CIEL
Prix du roman jeunesse 1996
Prix Sorcières 1998
Grand Prix des jeunes lecteurs de la PEEP 1998
Prix des Mange-livres de Carpentras 1999
Prix du premier roman de Châlons-sur-Marne 1999
Prix du Jury et Prix des Lecteurs, Clamart, 2006
Prix du meilleur roman, Salon du livre de Jeunesse de St-Laurent-de-la-Salanque 2009

MANON ET MAMINA
Prix jeunesse de la ville de la Garde 2000
Prix Chronos Suisse 2000

QUAND ANNA RIAIT
Prix des écoliers de Rillieux-la-Pape 2001
Prix Tatoulu 2001
Prix du roman de Mantes-la-Jolie 2001
Prix de la ville de Lavelanet 2001

LE PROFESSEUR DE MUSIQUE
Prix Chronos Suisse 2001
Prix Saint-Exupéry 2001
Prix Chronos Littérature de Jeunesse 2002

UN JOUR, UN JULES M'@IMERA
Prix Julie des lectrices 2002
Prix de Beaugency 2002

LETTRES À DOLLY

DE L'AUTRE CÔTÉ DU MUR
Prix du Salon du livre de Limoges 2003

L'AMI

TANT QUE LA TERRE PLEURERA...

LA CHÂTAIGNERAIE
Prix des Embouquineurs, Brest 2006

LA BONNE COULEUR
Prix NRP Collèges 2006
Prix Gragnotte, Narbonne, 2007
Prix Littéraire Brivadois 2007

SUIVEZ-MOI-JEUNE-HOMME
Prix NRP Collèges 2007
Prix Chronos 2009
Prix Sainte-Beuve des collégiens du Nord-Pas-de-Calais, 2009
Prix Gragnotte de la ville de Narbonne, 2009
Prix My Mots, Collège Rambam-Maïmonide de Boulogne-Billancourt 2009

ALBERT, LE TOUBAB
Prix PEP Solidarité 2009 de Metz
Prix de la Vache Ki'Lit 2009 festival Au Bonheur des Mômes - Le Grand Bornand (73)

CUTIE BOY

LIBÉRER RAHIA

collection «Des enfants font l'histoire»

À PARIS, SOUS L'OCCUPATION

collection « albums Casterman»

DANS LA MAISON DE SARALÉ

COLLECTION COMME LA VIE

JUNIOR / DÈS 10 ANS

Claude Carré
LES MILLE ET DEUX NUITS

Jean-François Chabas
LA DEUXIÈME NAISSANCE DE KEITA TELLI
TRÈFLE D'OR
LES HERMINES
CIRCÉ

Hervé Debry
LETTRES À QUI VOUS SAVEZ
Prix du livre de Metz 2000
Prix Ruralives du Pas-de-Calais 2001
Prix Aprébatie du Pas-de-Calais 2001
Prix Jeunes Lecteurs des Sables-d'Olonne 2001
Prix littéraire des Montagnes d'Auvergnes 2001
Prix Coup de cœur de Bruxelles 2002
Prix festival du livre d'Annemasse 2002

Yaël Hassan
UN GRAND-PÈRE TOMBÉ DU CIEL
Prix du Roman jeunesse 1996
Prix Sorcières 1998
Grand Prix des jeunes lecteurs de la PEEP 1998
Prix de la première œuvre, CDDP de la Marne 1999
Prix Mange-Livres de Carpentras 1999
Prix du Jury et Prix des Lecteurs, Clamart, 2006
Prix du Meilleur Roman, Salon du livre de Jeunesse St-Laurent-de-la-Salanque, 2009
QUAND ANNA RIAIT
Prix des écoliers de Rillieux-la-Pape 2001
Prix Tatoulu 2001
Prix du roman de Mantes-la-Jolie 2001
Prix de la ville de Lavelanet 2001
MANON ET MAMINA
Prix du Livre jeunesse de La Garde 2000
Prix Chronos Suisse 2000
LE PROFESSEUR DE MUSIQUE
Prix Chronos Suisse 2001
Prix Saint-Exupéry 2001
Prix Chronos de littérature pour la jeunesse 2002
LETTRES À DOLLY
L'AMI
ALBERT, LE TOUBAB
prix PEP Solidarité 2009 de Metz
Prix de la Vache Ki'Lit 2009 festival Au Bonheur des Mômes - Le Grand Bornand (73)

Sylvaine Jaoui
JULIA SE TROUVE TROP GROSSE
JE VEUX CHANGER DE SŒUR !
Prix des écoliers de Rillieux-la-Pape 2004
Prix Martinique 2005

Ulrike Kuckero
LE JOUR OÙ J'AI CHERCHÉ MON PÈRE

Rose-Claire Labalestra
LE CHANT DE L'HIRONDELLE
Prix du Roman jeunesse 1999
Prix Chonos suisse 2002
Prix Échappée Livres, Annecy 2002

Roland Lamarre
UN SCÉNARIO BÉTON
LE STOPPEUR

Marie-Chantal Long
MA VIE À L'ENDROIT

Loys Lowry
UN ÉTÉ POUR MOURIR

Claire Mazard
MAMAN, LES P'TITS BATEAUX
Prix Tatoulu 2000
Coup de cœur au Prix Ado, Rennes 2000

Aline Méchin
DANS LA PEAU D'UNE FILLE

Stéphane Méliade
MA SŒUR EN NOIR ET BLANC

Laurence Pain
L'INCONNU DU BLOCKHAUS

Joseph Périgot
GOSSE DE RICHE !
TROP AMOUREUX !

Sandrine Pernusch
UNE ANNÉE TOURBILLON

Annika Thor
LE JEU DE LA VÉRITÉ
Prix August de littérature de jeunesse, Stockholm

Jean-Louis Viot
LES CENT MILLE BRIQUES
Prix littérature Jeunesse de Chécy 2002-2003

Colette Vivier
LA MAISON DES PETITS BONHEURS
LA PORTE OUVERTE
LA MAISON DES QUATRE-VENTS